в издательств

Пауло Коэльо

Дьявол и сеньорита Прим

Пауло Коэльо

Книга воина света

Пауло Коэльо

На берегу Рио-Пьедра села я и заплакала

Пауло Коэльо

Заир

Пауло Коэльо

Пятая гора

Пауло Коэльо

БРИДА

АСТ · Астрель
Москва

УДК 821.134.3
ББК 84(70Бра)
К76

Обложка оформлена дизайн-студией «Графит»

Перевод с португальского *А. Богдановского*

Коэльо, П.

К76   Брида / Пауло Коэльо; пер. с португ. А. Богдановского. — М.: АСТ: Астрель, 2008. — 288 с.

ISBN 978-5-17-051500-4
(ООО «Издательство АСТ»)
ISBN 978-5-271-20142-4
(ООО «Издательство Астрель»)

«Брида» — ранее не издававшийся на русском языке роман одного из самых известных и читаемых в мире авторов. Удивительная и
правдивая история молодой Бриды О'Ферн, будущей наставницы
Традиции Луны. В основе романа — излюбленная для Коэльо идея
поиска себя, своей цели в жизни. Коэльо устами своих героев рас-
суждает о вере и религии, колдовстве и магии и конечно о любви.
В этой истории, рассказанной просто и радостно, волшебство говорит языком человеческого сердца.

УДК 821.134.3
ББК 84(70Бра)

Книга издана с разрешения
Sant Jordi Asociados, Barcelona, SPAIN
Originally published as *Brida* by Paulo Coelho

www.paulocoelho.com
www.paulocoelhoblog.com

ISBN 978-5-17-051500-4 (ООО «Издательство АСТ»)
ISBN 978-5-271-20142-4 (ООО «Издательство Астрель»)
ISBN 978-985-16-4671-1 (ООО «Харвест»)

П освящается Н.Д.Л.,
которая сотворила чудеса,
Кристине — одному из этих чудес,
и Бриде

*Или какая женщина, имея десять драхм,
если потеряет одну драхму, не зажжет свечи
и не станет мести комнату и искать тщательно,
пока не найдет, а найдя, созовет подруг и соседок
и скажет: порадуйтесь со мною:
я нашла потерянную драхму.*

Евангелие от Луки 15: 8—9

Прежде чем начать

В «Дневнике мага» я заменил два ритуала RAM[1] упражнениями, развивающими способность восприятия, которым научился в ту пору, когда был тесно связан с театром. Хотя полученные результаты оказались в точности такими же, мой Наставник сурово выбранил меня. «Даже если существуют более короткие и легкие пути, Традицию никогда ни на что другое заменять нельзя», — сказал он тогда.

И потому на страницах «Бриды» описаны лишь те немногие ритуалы, исполнение которых предписывает многовековая Традиция Луны. Они — особого свойства и требуют большого опыта и твердого навы-

---

[1] RAM — орден Regnus Agnus Mundi — небольшое католическое братство, изучающее язык символов, известный еще как Традиция, передаваемая из уст в уста. — *Здесь и далее прим. перев.*

ка. Исполнять их, не ставя перед собой определенной цели, — не только нежелательно, но и опасно, поскольку это может сильно затруднить духовный поиск.

Каждый вечер мы проводили в одном из лурдских кафе. Я — паломник, пилигрим, странник на Священном Пути в Рим, и мне предстояло прошагать еще много дней в поисках своего Дара. Она — Брида О'Ферн — на определенном отрезке этого пути направляла мои шаги.

И вот в один из таких вечеров я решил спросить, сильное ли впечатление произвело на нее некое аббатство, стоявшее на той, лучами расходящейся дороге, по которой в Пиренеях идут Посвящаемые.

— Я никогда не бывала там, — ответила Брида.

Меня удивили ее слова. Ведь она-то как-никак уже обладала Даром.

— Все дороги ведут в Рим, — сказала она, напомнив мне этой старинной поговоркой, что Дар может быть пробужден где угодно. — Я свой римский путь[1] проходила в Ирландии.

И при следующих наших встречах она поведала мне историю своих духовных поисков. По окончании я спросил, можно ли мне когда-нибудь записать услышанное.

Сначала она согласилась. Но потом, при каждой новой встрече возникало какое-либо препятствие. То Брида просила изменить имена героев, то интересовалась, что за люди будут читать эту книгу и как, по моему мнению, они воспримут ее.

— Этого мне знать не дано, — ответил я. — Но, думаю, ты не поэтому постоянно ставишь мне палки в колеса.

— И правильно думаешь, — сказала она. — Просто мне кажется, что это очень своеобразный опыт, и едва ли он сможет пригодиться кому-нибудь еще.

Так что сейчас, Брида, мы с тобой рискуем вместе. Безымянный текст Традиции учит, что люди делятся

_____

[1] Пауло Коэльо в «Дневнике мага» пишет: «Подобно тому как мусульманская традиция требует, чтобы всякий правоверный хотя бы раз в жизни прошел вослед пророку Магомету в Мекку и Медину, первое тысячелетие христианства знало три пути, почитаемых священными и сулящих Божье благословение и искупление грехов каждому, кто пройдет по ним. Первый путь — к гробнице Святого Петра в Риме: идущие по нему избрали себе в качестве символа крест и назывались *ромейро*. Второй — ко Гробу Господню в Иерусалиме: идущие этой дорогой именовались *палмейро* в память пальмовых ветвей, которыми жители города приветствовали появление Иисуса. И наконец третий путь вел к бренным останкам Святого Иакова — по-нашему Сантьяго, — захороненным на иберийском полуострове в том месте, где однажды ночью некий пастух увидел, как сияет над полем яркая звезда».

на две категории: одни строят, другие растят. Первые годами могут биться над поставленной задачей, но в один прекрасный день выполняют ее. И после этого останавливаются и замыкаются в четырех стенах своего бытия. Когда эти стены возведены и постройка окончена, жизнь теряет смысл.

Но есть другие — те, кто выращивает. Они порой страдают от бурь, от смены времен года и редко могут позволить себе отдохнуть. Но сад в отличие от возведенного здания никогда не прекращает расти. Да, он постоянно требует от садовника рачительного присмотра, но все же дает возможность сделать жизнь непредсказуемо увлекательной.

Садовники рано или поздно находят друг друга — ибо знают, что в истории каждого растения, как в капле воды, отражена история всей Земли.

Пауло Коэльо

Ирландия

Август 1983-го — март 1984 года

Лето и осень

— Я хочу научиться магии, — промолвила девушка.

Маг оглядел ее с ног до головы: одета в выцветшие джинсы и футболку и держится с тем обманчиво вызывающим видом, который чаще всего присущ людям застенчивым. «Я, наверно, вдвое старше ее», — подумал он. Но знал при этом, что перед ним — Иная Часть его самого.

— Меня зовут Брида, — продолжала девушка. — Простите, что не сразу представилась. Я очень долго ждала этой минуты и волнуюсь сильней, чем думала.

— Зачем тебе магия? — спросил он.

— Чтобы ответить на вопросы, которые ставит передо мной жизнь. Чтобы овладеть потаенным могуществом. И, может быть, чтобы странствовать в прошлое и в будущее.

Он все это слышал уже не раз, и девушка эта была не первой, кто приходил к нему в этот лес. Некогда он был очень знаменитым и очень уважаемым Магом. В те времена он из множества учеников отбирал себе нескольких и верил, что мир будет меняться сообразно тому, как сумеет он изменить людей, которыми окружил себя. Но однажды была совершена ошибка. А маги, учащие Традиции, ошибаться не имеют права.

— Не слишком ли ты молода для этого?

— Мне 21 год, — ответила Брида. — Если бы захотела учиться балету, мне сказали бы, что уже поздно.

Маг сделал ей знак следовать за ним. И вдвоем, в молчании, они двинулись по лесу. «Красивая, — думал Маг, глядя, как быстро удлиняются тени деревьев: солнце висело уже у самого горизонта. — Но я вдвое старше ее». И это значило, что вероятней всего он будет страдать.

А Бриду раздражало, что человек, идущий рядом, все время молчит — на ее последнюю фразу он даже не соизволил отозваться. Влажная земля была устлана палой листвой; девушка тоже заметила, как удлинились тени, возвещая пришествие сумерек. Скоро станет темно, а фонаря они с собой не взяли.

«Мне следует довериться ему, — думала Брида. — Если я верю, что сумею научиться у него магии, надо верить и тому, что он проведет меня по лесу».

Они продолжали путь. Он, казалось, шел наугад, ни с того ни с сего вдруг меняя направление, будто огибая невидимое и неведомое препятствие. Три или четыре раза они прокружились на одном месте.

«Быть может, он меня испытывает». Брида решила довести этот опыт до конца и постараться показать своему спутнику, что все происходящее — в том числе и топтание на одном месте — для нее вещь совершенно обыденная.

Она приехала издалека и долго ждала этой встречи. От Дублина до этого крохотного городка было полтораста километров, автобусы были неудобные и ходили безо всякого расписания. Она рано поднялась, три часа была в дороге, расспрашивала жителей городка об этом странном человеке, объясняя, что ей от него нужно. И наконец ей показали тот лесок или рощу, где он обыкновенно находился днем — но сначала предупредили, что он уже пытался соблазнить одну местную девушку.

«Интересный человек», — подумала Брида, боясь поскользнуться на влажных листьях, устилавших землю, и молясь про себя, чтобы солнце еще хоть немножко повисело над горизонтом — дорога теперь шла в гору.

— Так почему все-таки ты хочешь изучать магию?

Брида обрадовалась уже тому, что тягостное молчание прервалось. И повторила свой прежний ответ.

Но он не устроил спрашивавшего.

— Потому ли, что она темна и таинственна? Потому ли, что отвечает на вопросы, которые не дают человеку покоя всю его жизнь? Или главным образом потому, что воскрешает в нашей памяти романтическое прошлое?

Брида промолчала. Она не знала, что сказать. И больше всего ей хотелось, чтобы Маг вновь замкнулся в молчании, ибо она боялась дать ответ, который мог бы ему не понравиться.

Пройдя через лес, они наконец поднялись на вершину горы. Здесь земля была каменистой и голой, но зато ноги меньше скользили, и Брида без труда поспевала за Магом.

Он присел и попросил Бриду сделать то же.

— Здесь бывали и другие, — сказал Маг. — Они тоже просили меня научить их магии. Но я уже обучил людей всему, что нужно, так что мой долг человечеству выплачен с лихвой. Сейчас я хочу только в одиночестве подниматься в горы, возделывать сад, общаться с Богом.

— Неправда, — сказала на это девушка.

— То есть как — неправда? — удивился Маг.

— Может быть, ты и вправду хочешь общаться с Богом. Но не верю, что хочешь одиночества.

Брида тотчас пожалела о сказанном. Эти слова сами собой сорвались у нее с языка, а теперь было уже поздно исправлять свой промах. Может, и в самом деле есть люди, которым нравится одиночество? Может, и в самом деле женщины больше нуждаются в мужчинах, нежели мужчины — в женщинах?

Маг, однако, не рассердился на нее.

— Я задам тебе один вопрос, — сказал он. — Но отвечать надо не лукавя, совершенно чистосердечно. Если скажешь правду — исполню твою просьбу. Если солжешь — никогда больше не вернешься в этот лес.

Брида перевела дух. Всего лишь вопрос, на который надо ответить правдиво и искренне. Да она и не станет врать, зачем ей это?! Просто ей всегда казалось, что Наставники, выбирая, кого взять себе в ученики, требуют от них иного, чего-то гораздо более трудного.

Маг повернулся к ней всем телом. Глаза его заблестели.

— Предположим, я возьмусь обучать тебя всему, что
знаю сам, — заговорил он, пристально глядя на девушку. — Начну показывать тебе параллельные миры, которые окружают нас, ангелов, открою тебе мудрость
природы, таинства Традиции Луны и Традиции Солнца. И вот однажды, выйдя в город за покупками, ты
повстречаешь посреди улицы человека, предназна-
ченного тебе судьбой.

«Как я узнаю его?» — подумала Брида, но промолчала: вопрос оказался трудней, чем она думала.

— И он тоже поймет это, увидит в тебе женщину
своей жизни и сумеет приблизиться к тебе. Вы полю-
бите друг друга. Мы продолжим наши занятия, и днем
ты будешь открывать со мной мудрость Космоса, а
ночью — познавать с ним мудрость Любви. Но настанет миг, когда одному с другим будет больше не по дороге. Тебе придется сделать выбор.

Маг помолчал. Он, еще не успев задать вопрос, боялся ответа. Ее сегодняшний приход к нему знамено-
вал окончание некоего этапа в жизни обоих. Он точно
знал это, потому что ему были известны традиции и
предначертания Наставников. И он нуждался в ней так
же, как она — в нем. Но в этот миг она должна была
сказать правду — таково было единственное условие.

— Итак, отвечай прямо, — наконец произнес он, собравшись с духом. — Бросишь ли ты все, что познала,
откажешься ли от тех таинственных возможностей,
которые откроет перед тобой мир магии, чтобы соединиться с мужчиной своей жизни?

Брида отвела глаза. Вокруг были горы и лес, внизу,
в городке, уже засветились окна. Заструились дымки
из печных труб — скоро люди всей семьей соберутся за

столом, будут ужинать. Они трудолюбивы и богобоязненны, стараются помогать ближнему. И все это потому, что познали любовь. Жизнь их понятна и объяснима, они способны постичь все, что происходит во Вселенной, хоть даже краем уха никогда не слышали ни о какой Традиции Луны или Солнца.

— А почему мои поиски должны противоречить моему счастью? — спросила она.

— Отвечай на мой вопрос. — Маг смотрел ей прямо в глаза. — Согласишься ли ты все бросить ради своего избранника?

Брида почувствовала, как слезы подступают к горлу. Да, это был не просто вопрос — перед ней стоял выбор, трудней которого человеку в жизни еще не приходилось делать. Она и прежде уже размышляла над этим. Было время, когда ничто на свете не казалось ей важнее, чем она сама. У нее было много возлюбленных, и всякий раз она верила, что любит каждого из них, но неизменно приходил час, когда она начинала замечать, как иссякает и истощается любовь. Ничего мучительней любви ей до сих пор познать не пришлось. Вот сейчас Бриде казалось, что она любит одного человека: он был на несколько лет старше ее, изучал физику и мир воспринимал совершенно не так, как она. В очередной раз Брида поверила в любовь, поставила все на свои чувства, но ей так часто и так горько приходилось разочаровываться, что теперь она уже ни в чем не была уверена. Тем не менее в ее жизни не было пока ставки крупнее.

Она избегала взгляда Мага и смотрела туда, где из труб поднимались дымки. Только благодаря любви люди от начала времен пытаются постичь мироздание.

— Соглашусь, — наконец вымолвила она.

Сидевший напротив нее никогда не поймет, что же происходит в душе другого человека. Ибо, познав могущество и превзойдя науку магии, он не научился постигать людей . Седеющие волосы, темное от загара лицо и повадка того, кто привык карабкаться по крутым горным тропам. Влекущая сила исходила от его глаз, где отражалась душа, которую истерзали сомнения и бесчисленные разочарования, причиненные чувствами простых смертных. Брида сама была разочарована своим поведением, но солгать не смогла.

— Погляди мне в глаза, — велел Маг.

Преодолевая смущение, Брида повиновалась.

— Ты сказала правду. И потому я буду учить тебя.

Стало совсем темно, на безлунном небе появились звезды. Через два часа Брида рассказала этому незнакомцу всю свою жизнь. Она пыталась найти какие-нибудь объяснения своему интересу к магии — ну, например, детские видения, предчувствия, внутренние голоса — но ничего не находила. Просто ей хотелось познать и понять, вот и все. Это же стремление побудило ее заняться астрологией, гаданием на картах Таро, нумерологией.

— И то, и другое, и третье — это всего лишь языки, — сказал Маг. — Есть еще множество иных, магия же говорит на всех языках, внятных душе человеческой.

— Так что же такое магия? — спросила она.

Даже в темноте Брида заметила, что Маг повернул голову. Рассеянно поглядел на небеса, будто раздумывая над ответом.

— Магия — это мост, — ответил он наконец. — Мост, по которому можно из видимого мира перейти в мир незримый. Чтобы усвоить уроки того и другого.

— А как научиться пересекать этот мост?

— Надо отыскать собственный способ. У каждого человека он — свой.

— Вот за этим я и пришла сюда.

— Существуют две формы познания, — сказал Маг. — Есть Традиция Солнца, имеющая дело с пространством и открывающая тайны всего, что нас окружает. И есть Традиция Луны — она занимается временем и открывает тайны того, что заключено в его памяти.

Брида поняла эти слова. Традиция Солнца — это нынешняя ночь, деревья вокруг, ее озябшее тело, звезды на небе. Традиция Луны — вот этот сидящий перед нею человек, в глазах которого светится мудрость многих поколений.

— Я познал Традицию Луны, — продолжал Маг, словно читая ее мысли. — Но никогда никого не учил ей. Я — Наставник Традиции Солнца.

— Покажи мне Традицию Солнца, — попросила Брида не без опаски, ибо в голосе Мага ей почудилась нотка нежности.

— Я научу тебя всему, что знаю сам. Но помни: пути Традиции Солнца — различны и многообразны. Нужно только безоговорочно верить в способность каждого человека выучить себя самого.

Брида не ошиблась: в словах Мага и вправду звучала нежность, но она не успокаивала, а вселяла в нее лишь бóльшую тревогу.

— Я способна постичь Традицию Солнца, — молвила девушка.

Маг оторвался от созерцания звезд, перевел взгляд на нее. Он-то знал — она ошибается: Традицию Солнца ей пока постичь не под силу. Тем не менее он должен и будет учить ее. Порою ученики выбирают себе наставников.

— Перед тем как мы начнем первый урок, запомни накрепко: тот, кто избирает себе путь, должен отрешиться от страха. Должен обладать достаточной отвагой, чтобы совершать шаги ложные и опрометчивые. Поражения, разочарования, неудачи суть орудия, с помощью которых Бог указывает нам путь.

— Странные, однако, орудия, — отвечала на это Брида. — Часто бывает так, что из-за них человек отказывается идти дальше.

Магу ли было этого не знать? Тело и душа его хранили следы этих странных орудий Бога.

— Научи меня Традиции Солнца, — настойчиво повторила девушка.

Маг попросил Бриду прислониться к выступу скалы и расслабиться.

— Глаза держи открытыми. Гляди на мир вокруг тебя, старайся понять все, что сумеешь. Каждое мгновение, перед каждым человеком Традиция Солнца являет свою вечную мудрость.

Брида повиновалась словам Мага, хоть ей и показалось, что он чересчур спешит.

— Это — первый и самый важный урок, — сказал он. — Его придумал один испанский мистик, сумевший постичь значение и смысл веры. Имя его — Хуан де ла Крус[1].

---

[1] Хуан де ла Крус (Хуан де Йепес-и-Альварес, 1542–1591) — иеромонах, испанский католический мистик и поэт.

Он взглянул на девушку, слушавшую его доверчиво и самозабвенно. И из самой глубины души исторг молитву о том, чтобы она восприняла все, чему он собирался научить ее. Ведь, в конце концов, она была его Иной Частью, хоть пока и не знала об этом, хоть пока и была еще слишком молода, ослеплена людьми и явлениями мира сего.

$\mathcal{K}$акое-то время Брида еще различала во тьме силуэт Мага, но вот он вошел в лес и скрылся за деревьями слева. Преодолевая страх одиночества, она попыталась овладеть собой. Это был первый усвоенный ею урок — никогда не показывай волнения.

«Он взял меня в ученицы. Я не могу разочаровывать его».

Она была довольна собой и в то же время удивлена тем, как стремительно все произошло. Она не только никогда не сомневалась в своих способностях, но и гордилась ими — и вот теперь они привели ее сюда. Она была уверена, что Наставник, притаившись где-нибудь за скалой, наблюдает за тем, как она ведет себя, проверяет, как воспринят ею первый урок магии. Он говорил об отваге: даже если тебе страшно — а где-то на дне сознания возникали пугающие образы змей и скорпионов, кишащих на вершине этой горы, — нельзя обнаруживать это. Скоро он вернется.

«Я — сильная и решительная, — тихонько повторяла она сама себе. — Мне выпала высокая честь оказаться здесь, с этим человеком, который внушает людям обожание или ужас». Она по минутам перебрала в памяти весь сегодняшний день, проведенный с ним, вспомнила тот миг, когда уловила в его голосе нотку нежности. «Может быть, и он нашел меня привлекательной. Может быть, даже ему захотелось заняться со мной любовью». Что ж, это было бы полезным опытом — в глазах у Мага было что-то необычное.

«Какие дурацкие мысли». Стоит здесь, в начале пути познания, и думает как самая обыкновенная женщина. Она постаралась отвлечься от таких банальностей и вдруг поняла, что прошло уже довольно много времени с той минуты, как Маг оставил ее одну.

И почувствовала, как в душе зарождается панический страх: об этом человеке ходили разные и противоречивые слухи. Кое-кто уверял, что он — самый могущественный Наставник из всех, кого они знали, что он способен изменять направление ветров, дырявить облака, используя всего лишь силу мысли. Бриду, как и всех, очаровывали подобные чудеса.

Другие же — люди, причастные к миру магии, посещавшие те же курсы, что и она сама, — клялись, что он владеет секретами черной магии и однажды, влюбившись в замужнюю женщину, уничтожил благодаря своему Могуществу ее мужа. И якобы в наказание за это он, хоть и был Наставником, обречен бродить в одиночестве по лесам.

«Быть может, от одиночества он обезумел еще больше?» — подумала Брида, почувствовав новый приступ паники. Несмотря на свои молодые годы, она знала, сколь губительное воздействие оказывает одиночество на людей, особенно когда они стареют. Встречала она и таких, кто, оказавшись не в силах противостоять одиночеству, поддался ему и погряз в нем, утратив всякую радость жизни. В большинстве своем это были люди, считавшие, что в мире нет ни славы, ни достоинства, тратившие свои дни и ночи на то, чтобы без умолку перечислять ошибки, совершенные другими. Люди, которых одиночество превратило в судей мира сего, выносивших свои приговоры громогласно и во всеуслышание — лишь бы только нашелся желающий их послушать. Может быть, и Маг лишился рассудка от одиночества?

Внезапно рядом раздался какой-то шум, и Брида — сердце у нее замерло, а потом забилось учащенно — метнулась в сторону. Уже и следа не осталось от той умиротворенной сосредоточенности, в которой пребывала она чуть раньше. Девушка огляделась по сторонам, но никого не заметила. И снова почувствовала, как где-то под ложечкой волной поднялся и разлился по всему телу страх.

«Надо взять себя в руки», — подумала она, но это было выше ее сил. Снова понеслись в голове змеи и скорпионы, ожили чудовища, порожденные детскими страхами. Брида была слишком напугана, чтобы овладеть собой. Вот мелькнула в сознании еще одна тень — могущественный колдун, заключивший сделку с дьяволом.

— Где ты? — не выдержав, закричала она, уже ни на кого не желая произвести впечатление. Теперь ей хотелось лишь выбраться отсюда как можно скорей.

Никто не отозвался.

— Я хочу уйти!! Помоги мне! Выведи меня отсюда!

Но вокруг был только лес, полный таинственных шорохов и шелестов. Брида почувствовала такой ужас, что показалось — еще мгновение, и она лишится чувств. Но даже и это было невозможно: теперь, когда она знала, что его поблизости нет, надо было во что бы то ни стало вернуть себе самообладание.

И эта мысль помогла ей понять, что какие-то ее внутренние силы борются за это. «Нечего кричать», — подумала она прежде всего. Крики могут привлечь внимание людей, живущих в лесу, а люди, живущие в лесу, опасней, чем дикие звери.

«Я верю, — принялась она повторять вполголоса. — Я верю в Бога, верю в моего ангела-хранителя, который привел меня сюда и остался со мной. Не знаю, как он выглядит, но уверена — он где-то рядом. Да не преткнешься о камень ногою твоею».

Последние слова были строчкой из псалма, который она затвердила в детстве наизусть, а потом многие годы не вспоминала. Этому стиху научила ее когда-то бабушка — теперь ее уже не было на свете. Ах, если бы сейчас она оказалась здесь! Бриде так нужно было чувствовать рядом близкого человека.

Постепенно она стала сознавать, сколь велика разница между опасностью и страхом.

«Живущий под кровом Всевышнего...» — так начинался этот псалом. Брида заметила, что помнит каждое слово, словно бабушка читает ей его. Некоторое время она нараспев повторяла строки псалма, ни на миг не останавливаясь, и вот, хотя страх не исчез, стала чувствовать себя уверенней. В эту минуту выбор был невелик: либо верить в Бога и ангела-хранителя, либо впасть в отчаянье.

И она ощутила чье-то присутствие, которое словно оберегало и укрывало ее. «Надо верить в это присутствие. Не знаю, как объяснить его, однако оно здесь, оно существует. И оно пробудет со мной всю ночь, потому что одна я отсюда нипочем не выберусь».

В детстве случалось, что посреди ночи она просыпалась от страха. И тогда отец брал ее на руки, подносил к окну и показывал город, в котором они жили. Рассказывал про ночных сторожей, про молочника, что уже разносит свой товар по домам, о булочнике, еженощно выпекающем хлеб. И мысль о том, что есть люди, не смыкающие глаз в ночной тьме, постепенно прогоняла ночных чудовищ. «Ночь — это всего лишь часть дня», — любил повторять отец.

Ночь — это всего лишь часть дня. И точно так же, как чувствовала она себя под защитой дневного света, оберегала ее теперь ночная тьма. Тьма, из которой возникло чье-то благодетельное присутствие. Она не могла не доверять ему. А доверие это называлось Верой. Никто и никогда не поймет ее. Но именно Верой была исполнена душа Бриды в эту темную ночь. И существовала Вера только потому, что девушка обладала ею. Точно так же иногда случаются необъяснимые чудеса — но исключительно с теми, кто верит, что чудеса бывают.

«Он что-то говорил мне про первый урок», — подумала Брида, начиная понимать, что к чему. Ощущение чьего-то оберегающего присутствия возникло потому, что она поверила в это. Долгое нервное напряжение вконец измучившее ее, мало-помалу спадало, и она с каждой минутой все яснее ощущала, как надежна и прочна защита.

Она обладала Верой. И Вера не допустит, чтобы этот лес вновь заполнился змеями и скорпионами. Вера заставит ее ангела-хранителя бодрствовать и быть настороже.

Брида привалилась спиной к скале и незаметно для себя уснула.

А когда проснулась, было уже совсем светло, и славное солнышко золотило все вокруг. Брида продрогла и перепачкалась, но душа ее ликовала. Целую ночь она провела одна, в лесной глуши.

Поискала глазами Мага, хоть и сознавала, что едва ли найдет. Он, должно быть, бродит сейчас где-нибудь в чаще, стараясь «причаститься Богу», и спрашивает себя, хватило ли отваги у этой девушки усвоить первый урок Традиции Солнца.

— Я познала Ночную Тьму, — промолвила Брида, обращаясь к затихшему теперь лесу. — Поняла, что поиски Бога — это Ночная Тьма. И что Вера — это Ночная Тьма. И в этом не было ничего удивительного. Каждый день каждого человека — это ночная тьма. Никто не ведает, что произойдет в следующее мгновение, но люди все равно идут вперед. Потому что одарены Верой, исполнены доверия.

Или потому, быть может, что не постигают, какая тайна заключена в еще не наступившем мгновении. Но все это не имеет ни малейшего значения — важно лишь то, что она-то постигла это.

Постигла, что каждое мгновение жизни есть усилие Веры.

Что это мгновение может быть заполнено змеями и скорпионами или оберегающей силой.

Что Вера не нуждается в объяснениях. Ибо она — Ночная Тьма. Хочешь — прими ее, не хочешь — отринь.

Брида взглянула на часы и поняла — уже поздно. Надо было успеть на автобус и за три часа пути придумать какие-нибудь убедительные объяснения для своего возлюбленного, который ни за что не поверит, будто она целую ночь провела в одиночестве в лесу.

— Понять Традицию Солнца очень трудно! — крикнула она, обращаясь к лесу. — Мне придется самой себе стать Наставницей, а я ведь ждала не этого.

Она взглянула на раскинувшийся далеко внизу городок, мысленно наметила себе маршрут по лесу и двинулась в путь. Но перед этим еще раз обернулась к скале.

— Вот что я хочу сказать тебе! — крикнула она звонко и радостно. — Ты — очень интересный человек.

А Маг, прислонившись к стволу старого дерева, смотрел, как скрывается в чаще леса фигура девушки. Он слышал ночью, как кричала она, и ему был внятен ее страх. Была минута, когда он даже хотел подойти, обнять ее, успокоить, сказать, что такие испытания не нужны ей.

И сейчас был доволен тем, что не сделал это. И горд, что именно эта девушка в смятении своих незрелых еще чувств станет его Иной Частью.

В центре Дублина есть книжный магазин, где продают самую современную литературу по оккультизму. Ни в газетах, ни в журналах о нем не пишут, покупатели приходят туда по рекомендации друг друга, а владелец и доволен, ибо так образуется избранное сообщество знатоков.

И несмотря на отсутствие рекламы, магазин всегда полон народу. Брида много слышала о нем и вот наконец выпросила адрес у преподавателя, читавшего ей курс астрального странствия. Однажды после работы она отправилась туда, и ей там чрезвычайно понравилось.

С тех пор при каждом удобном случае она заходила посмотреть на книги — только посмотреть, потому что все они были заграничные и очень дорогие. Она листала их одну за другой, внимательно рассматривая рисунки — там, где они были, — и интуитивно чувствовала, как начинает едва ощутимо пульсировать в ней накапливающаяся мудрость. После приключения с Магом она стала осторожней. Иногда даже бранила себя за то, что принимает участие лишь в том, что доступно ее разуму, ибо чувствовала — она теряет в этой жизни что-то очень важное, получая лишь привычные и повторяющиеся впечатления. Но смелости что-нибудь изменить не хватало. Брида была из числа тех, кто должен заранее четко представлять, по какому пути надо будет двигаться, и теперь, познакомившись с Ночной Тьмой, осознала: этот путь не для нее.

Она все чаще бывала недовольна собой, но решимости выйти за собственные границы не находила.

Книги казались ей чем-то более надежным и безопасным. На стеллажах стояли переиздания трактатов, написанных сотни лет назад — мало кто отваживался на новое слово в этой области. И тайное знание отстраненно и безразлично улыбалось ей с этих страниц, насмехаясь над тщетными попытками многих поколений приобщиться к нему.

Но и помимо книг, была у Бриды причина заходить в этот магазин: она разглядывала его завсегдатаев, наблюдала за ними. Иногда, делая вид, что перелистывает толстенный трактат по алхимии, не сводила глаз с посетителей — здесь были и мужчины, и женщины, и все, как правило, старше ее — которые точно знали, чего хотят, и уверенно направлялись к нужной полке. Она смотрела на них и пыталась понять, каковы они в обычной жизни, в быту и наедине с близкими. Иногда они казались ей всеведущими мудрецами, способными вступить в обладание силой и властью, недоступными простым смертным. А иногда видела в них всего лишь отчаявшихся людей, готовых заново открыть для себя давным-давно позабытые ответы, без которых жизнь утрачивала всякий смысл.

Еще она заметила, что кое-кто из постоянных посетителей всегда вступал в разговор с хозяином магазина. Говорили они с ним о странных вещах — о фазах Луны, о свойствах минералов, о том, как правильно произносить магические заклинания.

И вот однажды Брида, набравшись храбрости, сама решилась на такое. Она возвращалась с работы, где в тот день все у нее получалось как нельзя лучше. Грех было упускать удачу.

— Я знаю, что существуют тайные сообщества, — сказала она, сочтя, что это наилучший способ завязать разговор, ибо покажет себя «знающей».

Однако книготорговец всего лишь поднял голову от разложенных на столе счетов и удивленно взглянул на девушку.

— Я виделась с Фолькским Магом, — продолжала она, немного сбитая с толку и не вполне представляя себе, о чем говорить дальше. — Он рассказал мне насчет Ночной Тьмы. И еще добавил, что на пути постижения мудрости не надо бояться, что свернешь не туда.

Она заметила, что теперь хозяин внимательней вслушивался в ее слова. Если Маг чему-то в свое время научил ее, то лишь потому, вероятно, что она — особенный человек.

— Но если вам известно, что путь — это Ночная Тьма, зачем вам книги? — осведомился наконец хозяин, и Брида поняла, что совершенно напрасно упомянула Мага.

— Затем, что не желаю учиться таким способом, — выдавила из себя она.

Хозяин книжной лавки разглядывал стоявшую перед ним девушку. Несомненно, она была наделена Даром. И все же странно, что Фолькский Маг уделил ей столько внимания. Нет, здесь что-то не то... Может быть, она солгала? Но ведь она упомянула Ночную Тьму...

— Я часто вижу вас здесь, — сказал хозяин. — Приходите, перелистываете книги, но никогда ничего не покупаете...

— Очень дорого, — отвечала Брида, чувствуя, что хозяину хочется продолжить разговор. — Но я читала другие книги и слушала лекции...

И она назвала имена нескольких своих преподавателей, надеясь произвести на хозяина благоприятное впечатление.

И опять все получилось вопреки ее расчетам. Хозяин не дал ей договорить, переключив все свое внимание на покупателя, интересовавшегося, получен ли уже астрологический альманах с положениями светил на ближайшие сто лет.

Книготорговец стал перебирать лежавшие под прилавком бандероли: судя по штемпелям, которые заметила Брида, — изо всех уголков земного шара.

Она волновалась все сильнее; прежняя ее отвага улетучилась бесследно. Пришлось подождать, пока посетитель получит книгу, расплатится, заберет сдачу и выйдет из магазина. Лишь после этого хозяин вновь повернулся к Бриде.

— Не знаю, как продолжить, — сказала она. Глаза ее покраснели.

— Что вы умеете делать? Хорошо делать? — осведомился хозяин.

— Идти вслед за тем, кому верю, — другого ответа у нее не нашлось. Да, она всю жизнь не шла, а бежала за тем, кому верила.

Беда была в том, что каждый новый день она встречала с верой во что-то другое.

Хозяин записал чье-то имя на том же листе бумаги, где производил свои подсчеты, оторвал этот клочок и сейчас держал его в руке.

— Я дам вам один адрес, — сказал он. — Было время, когда люди воспринимали магические ритуалы как нечто совершенно естественное. В ту пору еще не было даже священнослужителей. И никто не бежал вдогонку за оккультными тайнами.

Брида не поняла, относится ли это высказывание к ней.

— Вы знаете, что такое магия? — спросил книготорговец.

— Знаю. Это — мост. Мост между миром видимым и миром незримым.

Хозяин протянул ей клочок бумаги. Там был номер телефона и имя — Уикка.

Брида схватила бумажку, поблагодарила и направилась к двери. На пороге обернулась:

— И еще я знаю, что магия говорит на многих языках. Даже на языке книготорговцев, которые хотят казаться неприветливыми, а на самом деле — великодушны и общительны.

Она послала ему воздушный поцелуй и исчезла за дверью. Хозяин бросил свои подсчеты и оглядел магазин. «Этому научил ее Фолькский Маг», — подумал он.

Но одного Дара, как бы ни был он силен, мало, чтобы привлечь его внимание, нужно что-то еще. Уикка сумеет узнать, что именно.

Пора было закрываться. Хозяин заметил, что в последнее время к нему приходят другие люди — все больше появляется молодых. Как уверяли старинные трактаты, громоздившиеся на полках, наконец-то все стало возвращаться в свою исходную точку.

$\mathcal{Э}$то старинное здание располагалось в одном из центральных кварталов, куда в наши дни приходят только туристы, ищущие романтических впечатлений. Брида целую неделю дожидалась, когда же Уикка соблаговолит принять ее, и вот теперь, силясь унять волнение, стояла перед таинственным пепельно-серым домом, который в точности отвечал ее представлениям о том, где должны жить завсегдатаи книжного магазина.

Лифта не было. Брида старалась подниматься по ступенькам помедленнее, чтобы не запыхаться, представ перед своей судьбой. У двери единственной квартиры на третьем этаже она позвонила.

Сначала из-за двери послышался собачий лай. Потом после недолгой заминки возникла на пороге и строго оглядела девушку сухопарая элегантная хозяйка.

— Это я вам звонила, — сказала Брида.

Уикка жестом пригласила ее войти, и Брида оказалась в белой комнате, где по стенам висели произведения современной живописи. Белые шторы приглушали солнечный свет; разноуровневая квартира была обставлена с безупречным вкусом — диваны, обеденный стол, заполненные книгами полки, — так что на память девушке пришли журналы по архитектуре и дизайну, которые она иногда перелистывала у газетных киосков.

«Должно быть, кучу денег стоит», — такова была единственная мысль, пришедшая ей в голову.

Уикка провела гостью в угол огромной гостиной, где стояли два кожаных, отделанных нержавеющей сталью кресла итальянского дизайна, а между ними — низенький стеклянный столик на стальных ножках.

— Ты очень молода, — проговорила она наконец.

Брида промолчала, ожидая следующей реплики и раздумывая про себя, как это в таком старинном доме оказалась ультрасовременная квартира. Романтическая идея о поисках постижения улетучилась.

— Он позвонил мне, — сказала хозяйка, и Брида поняла, что та имеет в виду хозяина книжкой лавки.

— Я ищу Наставника. Хочу следовать стезей магии.

Уикка взглянула на нее повнимательней: да, эта девушка и в самом деле наделена Даром. Но все же хотелось бы понять, что уж такого особенного нашел в ней Фолькский Маг. Одного Дара явно недостаточно. Если бы Фолькский Маг был новичком, то на него, быть может, произвело бы впечатление то, как ясно ощущался в ней Дар. Однако он слишком долго живет на свете, чтобы не знать, что Дар присущ любому и каждому, и не попадаться больше в эти ловушки.

Хозяйка поднялась, подошла к стеллажу, взяла свою любимую колоду.

— Знаешь, что это?

Брида в ответ кивнула. Она недаром посещала курсы и узнала в руке Уикки карты Таро, семьдесят восемь листов. Она знала несколько способов раскладывать их и сейчас обрадовалась возможности продемонстрировать свои познания.

Но Уикка сама стасовала колоду, разложила карты на стеклянном столике рубашками вверх и стала вглядываться в них, хотя лежали они, казалось бы, как попало — по крайней мере Брида не заметила в этом никакой системы. Ничему подобному на курсах не учили. Хозяйка произнесла несколько слов на незнакомом языке и открыла одну карту.

Это был король пик, номер 23.

— Хорошая защита, — сказала Уикка. — Сильный, могущественный мужчина с черными волосами...

Жених Бриды не обладал ни силой, ни могуществом. А у Мага волосы были седые.

— Не думай про то, как он выглядит, — сказала Уикка, будто прочитав ее мысли. — Думай об Иной Части себя.

— А что такое Иная Часть? — удивилась Брида. Эта женщина внушала ей какое-то загадочное уважение — совсем не такое чувство испытывала она, когда общалась с Магом или с хозяином книжной лавки.

Уикка не ответила. Снова стасовала карты, снова разбросала их по столу в произвольном порядке — но на этот раз картинками вверх. Посередине этого кажущегося хаоса оказалась карта под номером 11. «Сила». Женщина, открывающая пасть льву.

Уикка попросила ее взять карту, и Брида, сама не сознавая, что делает, повиновалась.

— Твоей самой сильной стороной всегда была женщина в других воплощениях, — услышала она.

— Так что же все-таки это такое — Иная Часть? — настойчиво повторила Брида.

Впервые за все это время она, хоть и робко, осмелилась бросить хозяйке некий вызов.

Уикка минуту помолчала в смутном сомнении — возможно ли, что Маг не рассказал этой девушке об Иной Части, — и, сказав самой себе: «Глупости!», отбросила эту мысль.

— Иная Часть — это то, что прежде всего остального должны узнать люди, стремящиеся следовать Традиции Луны, — ответила она. — Лишь постигнув это, можно понять, как сквозь толщу времен передается постижение.

Брида слушала ее объяснения с жадностью, боясь пропустить хоть слово.

— Нам дарована вечная жизнь, ибо в каждом из нас проявляется Бог, — продолжала Уикка свои объяснения. — И потому мы проходим через множество жизней и множество смертей, неведомо откуда появляясь и неведомо куда исчезая. Прими безропотно, что в магии не все поддается объяснению. Бог решил, что так есть и так будет впредь, а почему — знает Он один.

«Ночная Тьма Веры», — подумала Брида. Она ведь тоже существует в Традиции Луны.

— Так или иначе, но это происходит, — говорила Уикка. — И люди, думая о перевоплощении, неизменно сталкиваются с одним труднейшим вопросом: если в начале времен на Земле было так мало людей, а сейчас их стало так много, откуда же взялись эти новые души?

Брида слушала, затаив дыхание. Она и сама не раз задавала себе этот вопрос.

— А ответ прост, — сказала Уикка, явно наслаждаясь растерянностью девушки. — В некоторых перевоплощениях наши души делятся, множатся в точности так, как это происходит с клетками и растениями. Наша душа делится надвое, а потом обе части делятся еще раз, и еще, и еще, и вот по прошествии скольких-то веков мы заполнили если не всю Землю, то значительную ее часть.

— Но лишь одна из всех этих частей сознает, кто она? — спросила Брида. Вопросов у нее было много, но она решила задавать их постепенно, а этот показался ей самым важным.

— Мы — часть того, что алхимики называют *Anima Mundi*, Душа Мира, — не отвечая Бриде, продолжала Уикка. — На самом же деле если бы она, Душа Мира, только делилась, она бы росла и одновременно слабела. Но мы не только делимся, но и встречаемся, сливаемся друг с другом. Это воссоединение и есть Любовь. Ибо душа неизменно разделяется на мужскую часть и женскую. Так сказано в Библии, в Книге Бытия: Адам разделился, и Ева родилась из него.

Уикка внезапно замолчала и уставилась на разложенные на столе карты.

— Карт на свете много, — заговорила она, — но все они — из одной колоды. Чтобы прочесть, что они пророчат, нам понадобятся они все, все до единой, ибо все они одинаково важны. Так же и души. Все люди переплетены между собой, связаны один с другим, как карты в этой колоде. И в каждой жизни, проживаемой нами, мы обязаны повстречать хотя бы одну из этих Иных Частей. Великая Любовь, разделившая их, удовольствуется Любовью, которая их воссоединит.

— Но как я узнаю, кто он — Иная моя Часть? — воскликнула Брида, успев подумать, что за всю жизнь не случалось ей еще задать вопрос важней.

Уикка рассмеялась. Когда-то и она спрашивала себя об этом — и с не меньшей тревогой, чем эта сидящая напротив нее девушка. Иную Часть можно узнать по блеску глаз, ибо так с незапамятных времен узнавали свою истинную любовь. Но Традиция Луны предлагает иное — дает новое зрение, позволяющее различить над левым плечом Иной Части светящуюся точку. Но об этом еще рано говорить Бриде: может быть, со временем она научится видеть эту точку, а может быть — и нет. Скоро выяснится.

— Чтобы узнать, придется идти на риск, — ответила она. — Риск неудачи, горького разочарования, потери иллюзий. Рисковать — но не прекращать поиски Любви. Победит тот, кто не отчается в поиске.

Брида вспомнила, что и Маг говорил ей что-то подобное, имея в виду путь магии. «Должно быть, это одно и то же», — подумала она.

Уикка принялась собирать карты со столика, и Брида поняла, что отпущенное ей время, судя по всему, истекает. Но ей необходимо было задать еще один вопрос.

— А бывает ли так, что в каждой жизни нам встретится не одна Иная Часть, а несколько?

«Бывает», — не без горечи подумала Уикка. И когда происходит такое, сердце рвется на куски, и в итоге нам достаются одни мучения. Да, мы можем повстречать три или четыре Иные Части, ибо нас много и мы распылены. Вопросы, которые задает эта девушка, направлены прямо в цель, и необходимо уклониться от них.

— У Творения есть только одна высшая суть, — отвечала она. — Имя ей — Любовь. Любовь — это сила, которая снова собирает нас в единое целое, чтобы собрать опыт, распыленный по многим жизням, по всему миру.

Мы — в ответе за всю Землю, ибо не знаем, где сейчас те Иные Части, которые были нами при начале времен. И если им хорошо, то и мы будем счастливы. Плохо им — и мы ощущаем, пусть и бессознательно, частицу их страдания. Но прежде всего мы отвечаем за то, чтобы хоть однажды в каждом нашем перевоплощении воссоединиться с Иной Частью, которая обязательно повстречается нам на пути. Пусть даже встреча продлится всего несколько мгновений — мгновения эти приносят Любовь такого накала, что это оправдывает все остальное наше бытие.

На кухне залаяла собака. Уикка собрала карты и снова поглядела на Бриду.

— Бывает и так, что мы отпускаем от себя нашу Иную Часть, не приняв ее, а иногда — даже и не узнав. Тогда для встречи с нею нам нужно еще одно перевоплощение. И за наше себялюбие мы будем обречены на самую горшую из всех мук, изобретенных нами для нас же самих. Мука эта — одиночество.

Уикка поднялась и проводила гостью до дверей.

— Ты приходила сюда не за тем, чтобы узнать про Иную Часть, — сказала она перед тем, как попрощаться. — Ты наделена Даром, и когда я пойму, какого же рода этот Дар, смогу, быть может, преподать тебе Традицию Луны.

Брида чувствовала себя каким-то совсем особым существом. Ей нужно было испытать это чувство — Уикка внушала ей почтение, с которым она никогда ни к кому не относилась прежде.

— Я сделаю все, что будет в моих силах. Я хочу изучить Традицию Луны, — сказала девушка, а про себя добавила: «Потому что Традиция Луны сможет обойтись без темной лесной чащобы».

— Слушай внимательно... — ответила ей Уикка сурово. — Отныне и впредь, каждый день, в определенный час, который выберешь сама, ты должна будешь уединиться и раскинуть на столе карты Таро. Открывай карты наугад, не стараясь ничего понять и предвидеть. Просто смотри на них. В должное время, в свой срок они научат тебя всему, что тебе нужно будет знать в ту минуту.

«Похоже на Традицию Солнца, — думала Брида, спускаясь по лестнице. — Я снова принимаюсь учить самое себя».

И лишь сев в автобус, она вспомнила, что Уикка упоминала Дар. Впрочем, об этом можно будет поговорить при следующей встрече.

$\mathcal{B}$ течение недели Брида по полчаса в день раскладывала колоду на обеденном столе. Спать она теперь ложилась в десять и ставила будильник на час. Поднималась, наскоро варила кофе и садилась за стол, вглядываясь в карты и стараясь понять их таинственный язык.

В первую ночь она, пребывая в радостном возбуждении и будучи уверена, что Уикка открыла ей нечто вроде тайного ритуала, постаралась разложить карты в точности так, как это делала Уикка. Разложишь — и вскоре постигнешь скрытый смысл тайных посланий. Но прошло полчаса, и ничего особенного и судьбоносного не случилось, если не считать каких-то мимолетных видений, которые были, скорей всего, плодами ее воображения.

На вторую ночь она повторила свой эксперимент. Уикка обещала, что карты откроют ей свою собственную историю, а если судить по тому, что рассказывали девушке на курсах, — история эта была весьма древняя и насчитывала больше трех тысяч лет: в ту пору люди еще были близки к мудрости самой Природы.

«Картинки кажутся такими простыми», — думала Брида. Женщина раскрывает пасть льву, два таинственных животных запряжены в повозку, человек сидит за столом, уставленным разнообразными предметами. Брида вскоре поняла: колода — это книга, в которой Божественная Мудрость отмечает все перемены, происходящие с человеком, покуда он свершает свое житейское странствие. И автор этой книги, зная, что человек легче запоминает порок, нежели добродетель, сделал так, чтобы священная книга передавалась из поколения в поколение в форме игры. Колода карт была изобретением богов.

«Не может быть, чтобы это оказалось так просто», — думала Брида всякий раз, как раскладывала карты по столу. Она знала сложные методы, замысловатые системы и при виде беспорядочно разложенных карт чувствовала, что и ее разум приходит в смятение. На шестую ночь она в досаде смахнула карты на пол. На миг ей показалось, что и это ее движение вдохновлено магической силой, но результаты не проявились и на этот раз: вспыхивали и гасли какие-то не определимые словами прозрения, которые она считала опять же игрой воображения.

И в то же время она не могла отделаться от мыслей об Иной Части. Поначалу думала, что возвращается в пору своего отрочества, к мечтам о волшебном принце, который через горы и долины едет искать ту, кому впору придется хрустальный башмачок, или ту, кого поцелуем надо пробудить от волшебного сна. «Во всех сказках всегда говорится об Иной Части», — шутила она. Волшебные сказки были когда-то ее первым погружением в магический мир, куда ей теперь так хотелось попасть, и она не раз спрашивала себя, почему же люди, в конце концов, так удаляются от этого мира, хоть и знают, какой необыкновенной радостью одарило их жизнь детство.

«Потому, наверно, что они не довольствуются этой радостью». Фраза эта показалась ей довольно нелепой, но все же она записала ее в дневник как нечто плодотворное.

Целую неделю неотступно продумав над идеей Иной Части, Брида вдруг испытала пугающее предчувствие того, что она ведь может ошибиться в выборе спутника. И когда пришла восьмая ночь, она, проснувшись, поднявшись и еще раз безрезультатно всмотревшись в карты, решила, что завтра пригласит своего жениха на ужин.

$\mathcal{P}$есторан она выбрала не очень дорогой, потому что по счету неизменно платил ее возлюбленный, хотя как ассистент кафедры физики в университете зарабатывал меньше, чем она, секретарша. Они устроились за одним из столиков, по летнему времени вынесенных на открытый воздух, на берег реки.

— Хотелось бы знать, когда ду́хи позволят мне вновь спать с тобой, — шутливо сказал Лоренс.

Брида взглянула на него с нежностью. Две недели назад она попросила его не приходить к ней, и он согласился, а если жаловался, то лишь затем, чтобы она понимала, как он ее любит. Лоренс тоже, пусть и по-своему, отыскивал те же тайны Вселенной и если бы когда-нибудь попросил Бриду сделать недели на две паузу в их отношениях, ей бы тоже пришлось согласиться.

Они ужинали неторопливо и говорили мало, поглядывая на корабли, проплывавшие мимо, на прохожих, идущих по тротуарам. Допитую бутылку белого вина сменила другая. Еще через полчаса стулья их оказались рядом, и Брида с Лоренсом, обнявшись, смотрели на усыпанное звездами летнее небо.

— Погляди на небо, — сказал Лоренс, гладя ее по волосам. — Ведь оно — такое, каким было тысячи лет назад.

Он уже говорил это в день их знакомства, но Брида не стала прерывать его, ибо знала — это его способ разделить с нею мир.

— Многие из этих звезд давным-давно погасли, но свет их еще идет к нам через Вселенную. А другие звезды родились так далеко отсюда, что свет пока не дошел до нас.

— Значит, никто не знает, что же такое небо на самом деле? — И этот вопрос она тоже задала ему в день их первой встречи, однако приятно было воскресить в памяти отрадные минуты.

— Мы не знаем. Изучаем то, что видим, а ведь не всегда то, что видим, существует.

— Я хочу спросить тебя... Из чего мы состоим? Откуда взялись атомы, образующие наше тело?

— Они были сотворены вместе с этими звездами и этой рекою, на которую ты смотришь. Сотворены в первую секунду существования Вселенной, — ответил Лоренс, не отводя взгляд с древнего неба.

— И что же, после этого первого мига Творения ничего больше не прибавилось?

— Ничего. Все двигалось и продолжает двигаться. Все менялось и продолжает меняться. Но материя

Вселенной — такая же, как и миллиарды лет назад. К ней не прибавилось даже атома.

Брида засмотрелась на течение реки, на кружение звезд. Легко было заметить, как струятся воды реки, трудно уловить движение звезд в небе. Тем не менее ей это иногда удавалось.

— Лоренс, — промолвила она после долгого молчания, когда они оба провожали глазами проплывавший мимо корабль. — Хочу задать вопрос, который покажется тебе нелепым... Скажи, возможно ли с точки зрения физики, чтобы мое тело состояло из тех же самых атомов, что и тело человека, который жил прежде?...

Лоренс взглянул на нее в недоумении:

— Что ты хочешь знать?

— Только то, о чем спросила.

— Они могут быть в растениях, в насекомых, они могли превратиться в молекулы гелия и унестись за миллионы километров от земли.

— Но возможно ли, чтобы атомы, составляющие тело человека, которого давным-давно уже нет на свете, были в моем теле? Или еще в чьем-то?

Лоренс задумался и наконец ответил:

— Да, возможно.

Где-то в отдалении зазвучала музыка. Она доносилась с баркаса, плывшего по реке, и Брида сумела даже разглядеть в освещенном окне-иллюминаторе силуэт моряка. Музыка напомнила ей годы отрочества — воскресила в памяти школьные балы, и то, как пахло в отчем доме, и даже цвет ленты, которой она завязывала свой «конский хвост». Она поняла — Лоренс никогда не задумывался над вопросом, который она только что задала ему, и, быть может, в этот миг спрашивает себя, есть ли в его теле атомы скандинавских воинов-викингов, вулканической лавы, доисторических, таинственно исчезнувших животных.

Но сама она размышляла совсем о другом. Она хотела всего лишь понять, был ли когда-нибудь этот мужчина, так нежно обнимавший ее сейчас, частью ее самой.

Баркас меж тем подошел ближе, и музыка заполнила все пространство вокруг. И сидевшие за другими столиками тоже примолкли, чтобы определить, откуда исходит она, потому что у каждого в прошлом было и отрочество, и школьные балы, и мечты о воинах и феях.

— Я люблю тебя, Лоренс.

И Брида сделала все, чтобы этот юноша, который столько знал о свете звезд, получил хоть малую толику той, кем была она когда-то.

«*Н*е получается!»

Брида села в постели, взяла со столика пачку сигарет. Вопреки своему правилу решила закурить натощак.

До очередной встречи с Уиккой оставалось два дня. В течение этих двух недель Бриде казалось, что она старается изо всех сил. Все свои надежды она связывала с тем, чему научила ее эта красивая таинственная женщина, и очень бы не хотела разочаровывать ее, однако колода карт отказывалась раскрывать свою тайну.

Три вечера подряд, завершая упражнение, она чуть не плакала. От ощущения своего одиночества, беззащитности и еще от того, что чувствовала — предоставленный ей шанс утекает меж пальцев. В очередной раз ей пришлось убедиться, что жизнь обращается с нею не так, как с другими людьми: дает ей все возможности добиться чего-то, а в тот миг, когда желанная цель оказывается совсем рядом, почва вдруг уходит из-под ног. И ведь в точности так же обстояли дела и с ее занятиями, и кое с кем из возлюбленных, и с мечтами, которыми она никогда ни с кем не делилась. И вот теперь это происходило с той стезей, которой она захотела следовать.

Брида вспомнила про Мага: быть может, он сумеет помочь ей? Но ведь она поклялась самой себе, что вернется в Фольк, лишь когда овладеет магией в достаточной степени, чтобы смело глядеть Магу в лицо.

Сейчас ей казалось, что этого не произойдет никогда.

Она еще долго лежала в постели, пока не решилась, наконец, подняться и сварить себе кофе. Да, она обрела решимость встретить еще один день, еще одну «ночную тьму повседневности», как привыкла говорить после того, как побывала в лесу. Приготовила кофе, взглянула на часы и убедилась, что времени еще в избытке.

Подошла к полке и нашла между книг листок, полученный от хозяина книжной лавки. «Есть и другие пути, — утешала она себя. — Если я сумела дойти до Мага, если сумела встретиться с Уиккой, то, значит, найду и человека, который научит, как сделать так, чтобы что-нибудь стало получаться».

Она твердила это про себя, но знала, что это — лишь отговорки.

«Всю жизнь я что-то начинаю и бросаю на полдороге», — не без горечи подумала Брида. Быть может, в скором времени жизнь начнет понимать это и перестанет предоставлять свои всегдашние возможности. Или, быть может, закроет все пути, прежде чем Брида успеет сделать хоть шаг.

Но пока она была такой, как всегда, и чувствовала, как с каждой минутой улетучиваются сила и решимость, а вместе с ними — и возможность меняться. Всего несколько лет назад она еще сетовала на себя, еще способна была на героические поступки, а вот теперь научилась приспосабливаться к собственным ошибкам. Она знала, что у других людей происходит то же самое: они до такой степени привыкают к своим просчетам и промахам, что постепенно начинают путать их со своими достоинствами. И тогда уже поздно что-либо менять в своей жизни.

Может быть, не звонить Уикке, просто исчезнуть? Но ведь существует книжная лавка, порог которой она не осмелится больше переступить. Если она просто исчезнет, хозяин будет очень недоволен. «Очень часто из-за одного необдуманного жеста по отношению к одному человеку мне приходилось расставаться с другими людьми, что были мне дороги». Больше так не будет. Она вступила на тот путь, где важные связи так трудно установить заново.

Собравшись с духом, Брида набрала номер, указанный на бумажке. Уикка взяла трубку почти сразу же, после второго гудка.

— Завтра я не смогу прийти.

— И водопроводчик тоже, — ответила Уикка, и Брида на несколько мгновений оказалась в замешательстве, не понимая, что означают эти слова.

Но собеседница тотчас же стала жаловаться, что у нее засорена раковина на кухне, что она уже несколько раз вызывала слесаря, а он все не является. И принялась очень пространно рассказывать о квартирах в домах старой постройки — они выглядят очень внушительно, но доставляют множество хлопот — и внезапно, безо всякого перехода осведомилась:

— Карты при тебе?

Удивленная Брида ответила: «Да». Уикка попросила ее разложить их на столе, сказав, что заодно и узнает, придет водопроводчик наутро или нет.

Брида, удивившись еще больше, подчинилась. Разложила карты и с отсутствующим видом уставилась на них, ожидая дальнейших указаний. Решимость, с которой она звонила Уикке, улетучилась, и она теперь уже не отваживалась сказать, зачем набирала ее номер.

Уикка говорила без умолку, и Брида слушала ее терпеливо и не перебивая. Быть может, удастся сохранить ее дружбу. Быть может, Уикка будет более снисходительна и научит ее более простым способам познать Традицию Луны.

А Уикка, между тем высказав все, что накипело на душе по поводу водопроводчика, уже перескочила на другое: теперь она рассказывала о том, какой спор вышел у нее нынче утром с управляющим из-за жалованья консьержа. А потом весьма кстати вспомнила недавно виденный репортаж о пенсиях.

Брида время от времени перемежала эти речи одобрительными похмыкиваниями. Она соглашалась со всем, что говорила ее собеседница, но уже не в силах была внимательно следить за тем, что именно та говорила. Ею овладела смертная тоска: ничего скучнее, чем разговор с этой почти незнакомой женщиной о водопроводчиках, консьержах и пенсиях, не было в ее жизни. Она попыталась отвлечься разложенными на столе картами, замечая в них какие-то мелкие подробности, прежде ускользавшие от ее внимания.

Уикка время от времени переспрашивала: «Ты слушаешь?» — и Брида отвечала: «Угу». Но мысли ее были далеко, бродили там, где сама она никогда в жизни не бывала, и каждая деталь на картинках уводила ее все дальше и дальше в это странствие.

И внезапно Брида, словно погружаясь в сон, смутно осознала, что уже не слышит слов Уикки. Голос, который, казалось, звучал изнутри — хоть она и понимала, что раздается он извне, — что-то шептал ей: «Понимаешь?» — и Брида отвечала: «Понимаю». «Да, ты и в самом деле понимаешь», — произнес таинственный голос.

Но это уже не имело ни малейшего значения. Карты перед нею начали показывать фантастические сцены: замелькали бронзовые от загара, лоснящиеся от масла полуобнаженные тела, лица, спрятанные под масками в виде рыбьих голов. Стремительно, как не бывает в жизни, помчались по небу облака, и действие внезапно переместилось на какую-то окруженную величественными зданиями площадь, где старики передавали секреты юношам. В глазах у стариков читалось отчаяние — казалось, что некое древнее знание вот-вот пропадет окончательно — и потому они так спешили поделиться им с молодыми.

— Сложи семь и восемь и узнаешь мое число. Я — демон, я подписал книгу, — произнес юноша в средневековой одежде после того, как Брида оказалась посреди какого-то шумного празднества, в окружении смеющихся, хмельных мужчин и женщин. И вот уже перед нею возникли храмы, врезанные в прибрежные скалы, и небо затянули черные тучи, где то и дело посверкивали зарницы молний.

Возникла дверь — массивная и тяжелая, как в старинном рыцарском замке. Дверь приближалась к Бриде, и та предчувствовала, что вскоре сумеет отворить ее.

— Вернись оттуда, — произнес голос.

«Вернись, вернись», — произнес голос в телефонной трубке.

Это была Уикка, и Брида разозлилась, потому что не хотела возвращаться из этой фантасмагории в мир водопроводчиков и консьержей.

— Минутку, — сказала она, пытаясь все же вновь увидеть перед собой таинственную дверь. Но тщетно — все исчезло.

— Я знаю, что произошло, — молвила Уикка.

Брида же была буквально изумлена и не понимала, что это было с нею минуту назад.

— Знаю, — повторила Уикка. — И больше не стану говорить тебе про водопроводчика, тем более, что он был у меня на прошлой неделе и все починил. — И прежде чем дать отбой, добавила, что ждет девушку в условленный час.

Брида повесила трубку, не попрощавшись. И еще долго сидела, тупо уставившись на стену кухни, и лишь потом разразилась судорожными, но облегчающими рыданиями.

— Это был фокус, — сказала Уикка испуганной Бриде, когда они обе расположились в итальянских креслах. — Знаю, каково тебе сейчас, — продолжала она. — Случается порой, что мы вступаем на тот или иной путь лишь потому, что не верим ему. И все очень просто: нам остается всего лишь убедиться в том, что это — не наш путь. Но в тот миг, когда начинают происходить какие-то события и путь открывает нам свою сущность, мы боимся идти дальше.

И добавила, что не понимает, почему столь многие предпочитают всю свою жизнь уничтожать пути, по которым не желают идти, вместо того чтобы следовать тем единственным, который и выведет их куда надо.

— Не могу поверить, что это был трюк, — сказала Брида.

Куда девались теперь ее высокомерие и вызывающий вид. Ее уважение к этой женщине возросло безмерно.

— Когда я говорю «трюк», то имею в виду вовсе не то, что ты видела. Трюком был мой разговор по телефону.

На протяжении тысячелетий человек всегда говорил с тем, кого или что мог увидеть. И вот внезапно, всего лишь век назад понятия «видеть» и «говорить» разделились. Мы сочли, что уже привыкли к этому, и даже не понимаем, какое огромное воздействие произвело это на наши рефлексы. Наше тело просто еще не успело приспособиться к этому. А практический результат заключается в том, что, говоря по телефону, мы иногда можем войти в состояние, очень похожее на магический транс. Наш разум, работая на другой частоте, становится гораздо более восприимчив к незримому миру. Я знаю людей, которые всегда держат возле телефона бумагу и карандаш и во время разговора с кем-нибудь чертят какие-то бессмысленные на первый взгляд каракули. А потом, когда дан отбой, закорючки эти оказываются, как правило, символами Традиции Луны.

— А почему карты Таро открылись мне?

— С этой сложнейшей проблемой сталкивается всякий, кто желает изучать магию, — ответила Уикка. — Отправляясь в путь, мы более или менее определенно представляем себе, что бы нам хотелось на этом пути повстречать. Женщины, как правило, ищут Иную Часть, мужчины — Могущество. Ни те ни другие не желают учиться — им лишь бы добраться до того места, в котором они полагают свою цель.

Однако путь магии — как, впрочем, и жизненный путь, — был, есть и всегда останется путем Тайны. Научиться чему-нибудь — значит войти в соприкосновение с миром, о котором не имел прежде ни малейшего представления. Для того чтобы учиться, надо обладать смирением.

— И погрузиться в Ночную Тьму, — сказала Брида.

— Не перебивай меня. — В голосе Уикки вдруг зазвучали нотки раздражения, и Брида поняла, что вызвано оно вовсе не ее замечанием, ибо по существу она была права. «Наверно, досадует на Мага», — подумала она. Быть может, когда-то была влюблена в него, они ведь примерно одного возраста.

— Прости.

— Да ничего. — Уикка, похоже, сама была удивлена своей вспышкой.

— Ты говорила о Таро.

— Раньше, раскладывая карты по столу, ты неизменно помнила о том, что должно произойти. И не позволяла картам рассказать свою собственную историю, а всегда хотела лишь, чтобы они подтверждали то, что ты, как тебе казалось, знала сама. И когда мы начали говорить по телефону, я почувствовала это. И это, и то, что телефон — мой союзник. Начала какой-то занудный разговор, а между делом попросила тебя взглянуть на карты. И ты вошла в транс, вызванный телефоном, и карты проводили тебя в твой магический мир.

Уикка напоследок посоветовала ей всегда смотреть в глаза людям, когда они говорят по телефону. В них можно заметить много интересного.

— Хочу спросить тебя еще вот о чем, — сказала Брида, когда они пили чай на ультрасовременной кухне Уикки. — Скажи, почему ты не дала мне свернуть с моего пути?

«Потому что хочу понять, что еще разглядел в тебе Маг, кроме твоего Дара», — подумала Уикка, а вслух сказала:

— Потому что ты наделена Даром.

— Откуда ты это знаешь?

— Это очень просто. По ушам.

«По ушам... Какое разочарование, — подумала Брида. — А я -то думала, она видит мою ауру».

— У всех есть Дар. Но у иных он развит с рождения, тогда как другие — я, например, — должны очень сильно постараться, чтобы он не пропал втуне. У тех, кто наделен Даром с рождения, мочки — маленькие и плотно прижатые.

Брида машинально ощупала свои уши. Так и есть!

— Ты водишь машину?

Брида покачала головой.

— Тогда приготовься истратить немалые деньги на такси, — сказала Уикка, вставая. — Настала пора сделать следующий шаг.

«Как стремительно все разворачивается», — подумала Брида и тоже поднялась. Жизнь понеслась так же быстро, как облака, которые видела она, когда впала в транс.

$\mathcal{B}$о второй половине дня они добрались до подножия гор, находившихся километрах в тридцати к югу от Дублина. «Преспокойно могли бы и на автобусе доехать», — мысленно посетовала Брида, расплачиваясь с водителем такси. Уикка взяла с собой дорожную сумку.

— Если хотите, могу подождать, — сказал водитель. — Здесь такси трудно будет найти.

— Не беспокойтесь, — к вящему облегчению Бриды ответила Уикка. — Мы всегда находим то, что нам требуется.

Таксист взглянул на них с недоумением и, резко развернувшись, уехал. Женщины оказались перед эвкалиптовой рощей, тянувшейся до подножия ближайшей горы.

— Перед тем как войти, спроси позволения, — сказала Уикка. — Ду́хи леса любят учтивость.

Брида повиновалась. И лесок, прежде казавшийся точно таким же, как всякий другой, вдруг ожил, стал одушевленным.

— Всегда иди по мосту между видимым и незримым, — наставляла ее Уикка, покуда они шли между деревьями. — Все во Вселенной наделено Жизнью, так что старайся никогда не терять контакта с Нею. Она понимает твой язык. И мир приобретает для тебя иное значение.

Бриду поразило, как легко и проворно двигалась ее спутница — она, казалось, не шла, а парила над землей, так что шаги ее были бесшумны.

Они выбрались на прогалину, остановились возле огромного камня. Брида, пытаясь сообразить, каким образом он попал сюда, заметила посреди полянки кострище.

Здесь было хорошо. До вечера было еще далеко, и солнце сияло, как бывает только на склоне летнего дня, пели птицы, легкий ветер пробегал по листве. Роща стояла на небольшом возвышении, и потому Брида могла видеть внизу линию горизонта.

Уикка достала из сумки нечто подобное арабскому бурнусу, набросила его поверх своей одежды. Потом отнесла сумку под деревья — так, чтобы ее не видно было с прогалины.

— Сядь, — услышала Брида ее голос.

Уикка переменилась — то ли от непривычной одежды, то ли под воздействием пейзажа, и Брида испытывала к ней какое-то странное почтение.

— Прежде всего хочу объяснить тебе свои намерения. Мне нужно понять, как проявляется в тебе Дар.

Научить тебя чему-либо я смогу лишь после того, как осознаю его природу.

Она попросила Бриду расслабиться, всем своим существом воспринять красоту этой рощи, попытаться войти в то же состояние, что владело ею, когда она разложила карты Таро и вошла в транс.

— В какой-то из твоих прошлых жизней ты уже вступала на пути магии. Я поняла это по тем картинам, о которых ты мне рассказала.

Брида закрыла глаза, но Уикка велела держать их открытыми:

— Магические места очень красивы и заслуживают того, чтобы их созерцали. Это — водопады, горы, леса, где духи Земли играют, смеются, разговаривают с людьми. Сейчас ты находишься в одном из таких священных мест, и оно показывает тебе птиц и ветер. Возблагодари за это Бога — за ветер, за птиц, за духов, обитающих здесь. Не сходи с моста, соединяющего зримое и невидимое.

Голос Уикки погружал Бриду в какое-то сладостное оцепенение и одновременно вызывал почти священный восторг перед этим местом.

— Помнишь, когда-то я рассказывала тебе об одной из величайших тайн магии — об Иной Части. Вся земная жизнь человека сводится в конечном счете к этому — к поискам Иной Части себя. Это так, что бы ни говорил он —даже если твердит, что ищет мудрости, могущества или денег. Чего бы ни достиг он, все будет неполным и несовершенным, если одновременно ему не удастся обрести свою Иную Часть.

За исключением очень и очень немногих людей, которые ведут свое происхождение от ангелов, а потому для встречи с Богом нуждаются в одиночестве, весь род человеческий сможет слиться с Богом лишь в том случае, если в то или иное мгновение своей жизни ему удастся приобщиться к Иной Части.

Брида ощутила в воздухе странное напряжение, и на миг глаза ее наполнились слезами — а почему, она и сама не могла бы объяснить.

— Во Тьме Времен, когда мы были еще разъединены, одна часть была предназначена хранить знание. Ею стал мужчина. Постепенно он постиг науку земледелия, законы природы, ход небесных светил. Знание было властью, позволявшей удерживать Мироздание на месте, а звездам — вращаться по своим орбитам. В этом — в сохранении знания и постижения — полагал мужчина свою славу. И это помогло роду человеческому выжить.

А мы, женщины, предались делу гораздо более тонкому, деликатному, без которого, однако, всякое постижение лишилось бы малейшего смысла. Нам поручено было преображение. Мужчины оставляли почву бесплодной, мы засевали ее, и пустыня прорастала травами и деревьями.

Почва нуждается в семени, а семя — в почве. Одно без другого существовать не может. То же происходит и с людьми. Когда постижение мужчины соединяется с преображением женщины, рождается великий магический союз, называющийся Мудростью.

Обладать Мудростью — значит постигать и преображать.

Брида почувствовала, что дуновение ветра усилилось, а от голоса Уикки она снова впадает в транс. Духи леса были живы и очень внимательны.

— Ложись, — приказала Уикка.

Брида откинулась на спину, вытянула ноги. В вышине блестело и переливалось бездонное синее небо без единого облачка.

— Отправляйся на поиски своего Дара. Сегодня я не могу сопровождать тебя, но ты ступай и ничего не бойся. Чем больше ты узнаешь о себе, тем лучше постигнешь мир.

И тем ближе окажешься к Иной Части себя.

П‍одавшись вперед, Уикка смотрела на девушку. «Когда-то и я была точно такой же, — подумала она с нежностью. — И я отыскивала во всем сущем смысл, и я способна была смотреть на мир, как женщины древности, которые были одновременно и сильны, и доверчивы, и без труда правили своими сообществами».

Однако в ту эпоху и Бог был женщиной. Уикка наклонилась над Бридой, расстегнула пряжку на поясе, потянула вниз язычок молнии на ее джинсах. Но мышцы девушки по-прежнему были напряжены.

— Не беспокойся, — ласково проговорила Уикка.

Она чуть приподняла ей свитер, обнажив живот. Потом извлекла из кармана своего одеяния хрустальный флакон и поставила его на пупок Бриды.

— А теперь закрой глаза, — все так же мягко и ласково сказала она. — И представь себе цвет неба.

Достала маленький аметист, положила его между закрытыми глазами девушки.

— Отныне, с этой минуты будешь делать в точности то, что я буду говорить тебе. Ни о чем не беспокойся. Ты находишься в центре Вселенной. Вокруг себя ты видишь звезды и планеты — они горят ярче звезд. Почувствуй этот небесный пейзаж так, словно он окутывает тебя, вбирает в себя, а не висит перед глазами, как неподвижный занавес. Постарайся испытать наслаждение от того, что созерцаешь его. Ничто больше не должно заботить и тревожить тебя. Ты сосредоточена на своем удовольствии. Тебе неведомо чувство вины.

Брида увидела усыпанный звездами свод Мироздания и, не переставая слышать голос Уикки, поняла — она может войти в него. А Уикка, склоняясь над ней, просила, чтобы девушка увидела посреди этого купола исполинский храм. И Брида увидела сложенный из темного камня готический собор, который, как ни странно это было, составлял часть Мироздания, окружавшего ее.

— Иди к собору. Поднимись по ступенькам. Войди.

Брида повиновалась. Поднялась по ступеням, чувствуя под босыми ступнями холодок гладкого камня. В какой-то миг ей почудилось, что она не одна и голос Уикки исходил, казалось, из уст кого-то, кто шел следом. «Фантазия разыгралась», — подумала Брида и внезапно вспомнила: она должна ни на миг не забывать, что идет по мосту между видимым и незримым. Она не может бояться, она не имеет права отчаяться, она обязана верить.

Двери храма были уже совсем близко — огромные, окованные железом, с резьбой, изображавшей эпизоды из житий святых. И совсем не похожие на те, которые виделись ей над картами Таро.

— Открой их. Войди.

Брида почувствовала под пальцами холод металла. Дверь, казавшаяся тяжеленной, отворилась легко, без малейшего усилия. Девушка вошла под своды огромного собора.

— Внимательно всматривайся в то, что вокруг тебя, — сказала Уикка.

Брида заметила, что хоть снаружи было темно, много света проникало через исполинские витражи собора. Она смогла различить скамьи, боковые алтари, резные колонны, несколько горящих свечей. Но храм казался заброшенным — оттого, должно быть, что скамейки были покрыты пылью.

— Иди влево от себя. И скоро обнаружишь еще одну дверь — маленькую.

Брида пошла по храму, ступая босыми ногами по пыльному полу, отчего возникало неприятное чувство. Дружелюбный голос направлял ее шаги. Она знала — это голос Уикки, но знала также и то, что потеряла власть над своим воображением. Она не могла ослушаться его, хотя сознание ее работало отчетливо.

И вот она заметила дверь.

— Войди. Увидишь винтовую лестницу, ведущую вниз.

Дверь была такой низкой, что девушке пришлось нагнуться. Вделанные в стены факелы освещали ступени. Вероятно, кто-то недавно побывал здесь — зажег факелы и подмел лестницу.

— Ты идешь навстречу своим прошлым жизням. В подвале собора помещается библиотека. Иди туда. Я ожидаю тебя у подножья винтовой лестницы.

Брида сама не могла бы определить, сколько времени продолжался этот путь в подземелье. От постоянных поворотов она плохо соображала, закружилась голова. Но вот она оказалась внизу и увидела Уикку. Она почувствовала себя не такой беззащитной, и стало легче, хотя по-прежнему пребывала в трансе.

Уикка отворила еще одну дверь.

— Теперь я оставлю тебя одну. Буду ждать тебя снаружи. Выбери книгу — она покажет все, что тебе надо знать.

Брида даже не заметила, что Уикка осталась позади — она разглядывала запыленные тома. «Надо будет прийти сюда снова, вытереть их». Прошлое казалось ей грязным и безжизненным, стало жалко, что она не успела прочесть все эти книги раньше. Может быть, тогда сумела бы заново усвоить какие-то важные и теперь уже позабытые уроки.

Снова взглянула на полки с книгами. «Сколько же я уже прожила», — подумала она. Наверно, она уже древняя старуха, значит, надо быть более умудренной. Ей хотелось бы перечитать все эти книги, но времени уже не было и потому приходилось доверять своей интуиции. Да и потом, теперь, когда она знает дорогу, сюда можно будет вернуться в любую минуту.

Какое-то время она стояла в растерянности, не зная, на что решиться. Внезапно, словно по наитию, не раздумывая, сняла с полки книгу. Она оказалась не очень объемистой. Брида села на пол, положила книгу на колени. Но ей было страшно: страшно, что она откроет ее — и ничего не произойдет.

«Надо уметь рисковать. Надо уметь одолевать страх поражения», — подумала она и — открыла книгу. И едва лишь взглянула на первую страницу, как ей вновь стало дурно. Голова закружилась.

«Сейчас потеряю сознание», — еще успела подумать она, прежде чем все вокруг померкло.

Она пришла в себя от того, что ей брызгали в лицо водой. В забытьи Бриде виделись очень странные картины, и она не понимала, что могли бы означать парящие в воздухе исполинские соборы или уставленные книгами библиотеки. Она ни разу в жизни не бывала в библиотеке.

— Лони, тебе нехорошо?

Да, ей было очень даже нехорошо. Она не чувствовала правую ногу и помнила, что это — скверный симптом. И совсем не хотелось разговаривать, потому что она боялась позабыть свой сон.

— Лони, очнись.

Должно быть, у нее жар и все это примерещилось ей, но так живо и ясно. Хотелось, чтобы ее оставили в покое — сон или видение меркли и исчезали, а она так и не смогла распознать их смысл.

Небо было затянуто тучами, почти касавшимися верхушки самой высокой башни замка. Брида глядела на эти тучи. «Звезд не видно — ну и ладно. — подумала она, — священники говорят, что даже и они не вполне хороши».

Дождь прекратился вскоре после того, как она открыла глаза. Лони была довольна: это означало, что цистерна во дворе замка доверху наполнится водой. Она медленно отвела глаза от грузных туч и снова увидела башню. костры во дворе и скопище растерянно слоняющихся людей.

— Тальбо, — тихонько произнесла она.

Он обнял ее, и она почувствовала холодное прикосновение стальных доспехов, запах сажи, исходящий от его волос.

— Сколько времени прошло? Какой сегодня день?

— Ты трое суток была без памяти, — ответил Тальбо.

Она окинула его взглядом и пожалела: похудел, осунулся, тусклая кожа, грязь на щеках... Но все это не имело никакого значения — она любит его.

— Мне хочется пить, Тальбо.

— Воды нет. Французы обнаружили и перерезали тайную тропу, по которой нам доставляли припасы.

Снова услышала она Голоса, раздававшиеся у нее в голове. Когда-то она ненавидела их: ее муж был рыцарем-наемником, большую часть года проводил в походах и битвах, и она боялась, что Голоса скажут ей: «Он пал в бою». И она придумала, как сделать так, чтобы не слышать их — достаточно лишь сосредоточить все внимание на старом дереве, росшем под ее окном. Когда ей удавалось это, Голоса тотчас затихали.

Но сейчас она была слишком слаба, и вот Голоса стали раздаваться вновь.

«Ты умрешь, — предрекали они, — но он останется цел и невредим».

— Но ведь был дождь, Тальбо... — настаивала она. — Мне так хочется пить...

— Чуть-чуть поморосил и прошел. Ничего не удалось собрать.

Лони снова перевела взгляд на тучи. Они висели над замком всю неделю, но толку от них не было никакого — лишь прятали солнце, делая зиму еще более лютой, а замок — еще более угрюмым. Быть может, католики-французы правы и Господь в самом деле сражается на их стороне?

Повсюду горели костры, и Лони представилось, что она попала в преисподнюю. Кое-кто из наемников подошел в тот угол двора, где они находились, и сказал:

— Священники собирают всех, начальник.

— Мы нанимались воевать, а не умирать, — добавил другой.

— Французы предложили сдаться, — ответил Тальбо. — Обещают отпустить с миром всех, кто снова примет католическую веру.

«Совершенные не пойдут на это», — зашептали Голоса. Она и сама знала это. Знала и Совершенных — это из-за них она находилась здесь, а не у себя дома, где обычно поджидала, когда Тальбо вернется с очередной войны. Совершенные вот уже четыре месяца сидели в этом осажденном замке, а женщины, зная тайную тропу, ведущую за крепостные стены, все это время доставляли в замок припасы, одежду, порох, все это время могли видеться со своими мужьями, и только благодаря этому замок еще держался. Но противник обнаружил эту дорогу, так что назад пути не было. Ни ей, ни другим женщинам.

Она попыталась приподняться. Нога больше не болела. Голоса шепнули, что это — еще более скверный признак.

— Здешний Бог нас не касается, — сказал второй наемник. — Мы не собираемся из-за него пропадать.

Из замка донесся удар гонга. Тальбо встал.

— Возьми меня с собой, пожалуйста, — взмолилась она.

Тальбо взглянул на своих солдат, потом на дрожащую женщину у своих ног. Он не знал, какое решение принять: его солдаты привыкли воевать — и знали, что влюбленные воины обычно прячутся во время битвы.

— Я умру, Тальбо. Возьми меня с собой.

Один из наемников посмотрел на него.

— Нехорошо оставлять ее здесь одну, — сказал он. — Французы могут пойти на приступ.

Тальбо сделал вид, что этот довод убедил его. Он-то знал, что французы не сделают этого, потому что объявлено перемирие и начались переговоры о капитуляции Монсегюра. Однако наемник понимал, что происходит в сердце его командира, — должно быть, и он когда-то знавал страсть.

«Он знает, что ты умрешь», — сказали Голоса, пока Тальбо нежно брал ее на руки. Лони не хотелось слышать их: она вспоминала, как однажды летним вечером он так же нес ее через пшеничное поле. И в тот вечер ей тоже хотелось пить, и они утоляли жажду из ручья, бравшего исток где-то высоко в горах.

громная толпа собралась у подножия скалы, с которой смыкалась западная стена крепости Монсегюр. Здесь были солдаты и горожане — мужчины, женщины, дети. В воздухе висела напряженная тишина, и Лони знала — люди молчат не из почтения к священникам, а потому, что боятся того, что может случиться.

Священнослужители в черных одеяниях с вышитыми на груди огромными желтыми крестами вошли и расселись на уступах скалы, на внешних ступенях, иные — прямо на земле у башни. Тот, кто появился последним — у него были длинные, совершенно седые волосы, — поднялся на вершину скалы. Ветер раздувал полы длинной черной мантии, пламя костров освещало его силуэт.

Когда он взошел на вершину, почти все опустились на колени, вытянули руки, трижды ударились лбами о землю. Тальбо со своими людьми оставался на ногах, ибо их подрядили только сражаться.

— Нам предложили сдаться, — сказал священник. — Каждый, кто хочет, волен уйти.

Вздох облегчения вырвался из груди собравшихся на площади.

— Души, принадлежащие Чужестранному Богу, пребудут в царстве мира сего. Души, вверившие себя Богу Истинному, прибегнут к его бесконечному милосердию. Война возобновится, но ведь она не может продолжаться вечно. Ибо Чужестранный Бог в конце концов будет побежден, хотя и успеет прельстить и развратить часть ангелов. Будет побежден, говорю я, но не уничтожен и до скончания времен останется в преисподней вместе с душами тех, кого сумел соблазнить.

Люди снизу вверх смотрели на него. И они уже не были так уверены в том, что хотят спастись сейчас, ибо из-за этого им предстоит мучиться до скончания времен в аду.

— Церковь катаров есть Истинная Церковь, — продолжал священник. — Благодаря Иисусу Христу и Духу Святому мы смогли приобщиться к Господу. И перевоплощаться нам впредь не придется. Не придется и снова возвращаться в царство Чужестранного Бога.

Лони заметила, как трое священников выступили вперед, стали перед толпой и раскрыли Библии.

— Тем, кто пожелает умереть вместе с нами, будет сейчас даровано *consolamentum*[1]. Там, внизу, нас ждет

---

[1] Единственное таинство, практикуемое катарами и называемое ими «святым крещением Иисуса Христа». Речь шла о духовном крещении (в противоположность «водному крещению» Иоанна), которое осуществлялось наложением рук, согласно обряду, схожему с раннехристианским (без материальных составляющих вроде воды и елея).

костер. Мы умрем ужасной, мучительной смертью. И умирать будем долго, и когда пламя начнет пожирать нашу плоть, испытаем боль и страдания, каких не знавали прежде за всю жизнь. Тем не менее высокой чести этой удостоятся не все, но лишь истинные катары. Все прочие осуждены на жизнь.

Две женщины робко приблизились к священникам, державшим перед собою открытые Библии. Подросток высвободился из рук матери, пытавшейся удержать его, и тоже подошел к ним. А четверо наемников обратились к Тальбо:

— Мы тоже хотим получить причастие. Хотим, чтобы нас окрестили.

«Вот как поддерживается Традиция», — сказали Голоса. — Когда люди согласны отдать жизнь во имя идеи».

Лони ожидала решения Тальбо. Наемники всю свою жизнь сражались ради денег — и вот неожиданно обнаружили, что есть люди, способные делать это исключительно ради того, что считали верным и правильным.

Наконец он кивнул в знак согласия, хоть и знал, что лишается нескольких своих лучших бойцов.

— Уйдем отсюда! — сказала Лони. — Пойдем на стены. Ведь священники же сказали, что каждый, кто хочет, волен уйти.

— Нам лучше отдохнуть, Лони.

«Ты умрешь», — снова зашептали Голоса.

— Я хочу увидеть Пиренеи, Тальбо. Хочу еще хоть раз взглянуть на долину. Ты ведь знаешь — я скоро умру.

Да, он знал. Как человек, прошедший через множество битв, он знал, какие раны окажутся для его солдат смертельными. А рана Лони открылась три дня назад и отравляла ей кровь.

Люди, чьи раны не зарубцовываются, могут прожить от двух дней до двух недель — и никому еще не удавалось протянуть больший срок.

А Лони была близка к смерти. Мучивший ее жар унялся, и Тальбо понимал, что и это — скверный признак. Покуда болит нога и горячка треплет человека, его плоть сопротивляется. Теперь же сопротивление сломлено и началось ожидание.

«Ты не чувствуешь страха», — шептали Голоса. Нет, Лони не было страшно. С раннего детства она знала, что смерть — это еще не конец, а начало. В ту пору Голоса были ее задушевными товарищами и обладали ей одной видимыми лицами, телами, манерой двигаться. Эти существа являлись к ней из других миров, разговаривали с ней и никогда не оставляли одну. Детство ее было счастливым, и мать благодарила судьбу за то, что они живут в краю катаров, часто повторяя: «Католики давно бы уж сожгли тебя заживо». Катары же не придавали значения тому, что девочка разговаривает со своими невидимыми друзьями, ибо считали: хорошие люди хороши, злые — злы, и нет во Вселенной такой силы, которая могла бы изменить это.

Однако пришли французы и заявили, что у катаров нет своей страны. И с восьмилетнего возраста Лони видела вокруг себя только войну и резню.

Но разве не война подарила ей счастье встречи с мужем, которого где-то в дальних краях наняли катарские священники, никогда в жизни не державшие в руках оружия? А вместе с тем что, как не война, вселило в нее страх быть сожженной заживо, ибо католики были все ближе к ее деревне? Она стала бояться своих невидимых друзей, и вот мало-помалу они начали уходить из ее жизни. Оставались только их Голоса. Они по-прежнему предсказывали, что должно произойти, и объясняли, как она должна вести себя. Но она не хотела дружить с ними, потому что они знали слишком много; ведь это Голос однажды обучил ее приему со священным деревом. И вот с тех пор, как начался последний крестовый поход против катаров и французы-католики стали выигрывать одно сражение за другим, она больше не слышала Голосов.

Но сегодня у нее не было больше сил думать о священном дереве. И Голоса зазвучали вновь, на этот раз, впрочем, не внушая ей тревоги и беспокойства. Напротив — она нуждалась в них: кто, как не они, укажут ей, когда она умрет, верный путь?

— Не тревожься за меня, Тальбо. Я не боюсь умереть.

О ни поднялись на стену. Дул, ни на миг не стихая, ледяной ветер, и Тальбо пытался укрыть ее своим плащом. Однако Лони не чувствовала холода. Она глядела на мерцавшие на горизонте огни какого-то города и на видневшиеся по всей равнине, насколько хватал глаз, костры — это стало лагерем войско католиков. Французские солдаты ожидали, какое решение примут осажденные.

Откуда-то снизу донесся звук флейты. Несколько голосов завели песню.

— Солдаты, — сказал Тальбо. — Знают, что могут погибнуть в любую минуту, и потому стремятся, чтобы жизнь была непрекращающимся празднеством.

Лони почувствовала, как ее охватывает неимоверная злоба — злоба на эту самую жизнь. Голоса рассказывали ей: Тальбо повстречает еще многих женщин, у него будут дети; добыча, полученная в разграбленных городах, сделает его богатым человеком. «Но никогда никого не станет он любить так, как тебя, потому что ты навечно останешься частью его», — говорили Голоса.

Обнявшись, Лони и Тальбо смотрели вниз, слушали, как поют внизу, под стеной, солдаты. Лони чувствовала — у этой горы бушевали другие войны, и было это в прошлом — столь отдаленном, что даже Голоса уже не помнили его.

— Мы с тобой — вечны, Тальбо. Голоса сказали мне об этом в те времена, когда я еще могла различать их тела и лица.

Тальбо знал, каким Даром наделена его жена, но она давно уже не обнаруживала его, не заговаривала об этом. Быть может, сейчас она бредит в жару?

— Но несмотря на это, ни одна жизнь не бывает такой же, как другая. И вполне вероятно, что в иных воплощениях мы с тобой никогда больше не встретимся. И мне нужно, чтобы ты знал — я любила тебя всю свою жизнь. Любила еще до того, как увидела. Ты — часть меня.

Я умру. А поскольку завтрашний день годится для смерти ничуть не хуже любого другого, мне хотелось бы умереть вместе со священниками. Я никогда не могла понять, что они думают о мире, а вот они меня понимали. И я хочу сопровождать их в другую жизнь. Думаю, что смогу послужить им хорошим проводником, потому что раньше уже бывала в иных жизнях, в других мирах.

Она произносила эти слова, а сама думала о том, как насмешлива бывает судьба — когда-то она опасалась, что Голоса рано или поздно приведут ее на костер. И что же — костер, пусть и по иной причине, скоро будет ждать ее.

Тальбо смотрел на жену. Глаза ее утратили былой блеск, но она еще сохраняла свое очарование — прежнее, тех времен, когда он впервые увидел ее. Кое о чем он никогда не рассказывал ей — никогда, например, не упоминал тех женщин, что доставались ему как добыча после выигранной битвы или штурмом взятого города, и тех, кого встречал, странствуя по свету, и кто, должно быть, ждал, что в один прекрасный день он вернется. Не рассказывал он этого потому, что был уверен: она и так все знает, знает, но прощает, ибо он — ее великая Любовь, а великая Любовь превыше всего на этом свете.

Но не рассказывал он ей и другого — чего она сама не узнала бы никогда. Не рассказывал, что только благодаря ей, ее нежности, ее веселому нраву в изрядной степени обязан он тем, что вновь обрел смысл жизни. И что ради любви к ней оказывался он не раз на краю света, на краю гибели — ибо и воевал-то, чтобы разбогатеть, купить землю и жить с Лони в довольстве и покое до конца своих дней. Одно лишь огромное доверие к этой хрупкой женщине с гаснущей сейчас душой заставляло его сражаться честно, ибо он знал: после боя он сможет избыть у нее на груди все ужасы войны. Только у нее на груди, сколько бы ни было в мире женщин. Только у нее на груди сможет он смежить глаза и уснуть как невинное дитя.

— Сходи за священником, Тальбо, — услышал он. — Я хочу принять крещение.

*Т*альбо немного помедлил, ибо знал, что только воины могут выбрать, как им умереть. Но стоявшая перед ним женщина отдавала свою жизнь за любовь — так, может быть, для нее любовь была неведомым ему видом битвы?

Он стал спускаться по ступеням, ведшим со стены. Лони попыталась было сосредоточиться на доносившейся снизу музыке, которая, наверно, делала смерть более легкой. Но Голоса без умолку говорили с ней.

«Каждой женщине дано воспользоваться Четырьмя Кольцами Откровения. Ты покуда воспользовалась лишь одним, и выбор твой оказался неверен», — шептали Голоса.

Лони взглянула на свои пальцы — израненные, с грязными ногтями. Ни на одном из них не было кольца. Она услышала, как Голоса смеются.

«Ты ведь знаешь, что мы имели в виду, — говорили они. — Кольцо девственницы, кольцо праведницы, кольцо мученицы, кольцо ведьмы».

Да, она знала это. Но не могла вспомнить. Она усвоила это давным-давно, в те незапамятные времена, когда люди по-другому одевались и иначе различали мир вокруг себя. И она сама в те времена носила иное имя и говорила на другом языке.

«Это четыре способа, которыми женщина способна получить причастие от Вселенной, — сказали Голоса так, словно ей было очень важно вспомнить такую седую старину. — Дева обладает силой мужчины и женщины. Она обречена на Одиночество, но Одиночество открывает ей свои тайны. Дева платит такую цену — она ни в ком не нуждается, она изнуряет себя любовью ко всем и через Одиночество постигает всю мудрость мира».

Лони по-прежнему глядела на огни бивака внизу. Да, она знала это.

«А мученица наделена могуществом тех, которым страдания и боль не могут причинить вреда. Она предается им, она страдает и через Жертвоприношение постигает всю мудрость мира».

Лони снова взглянула на свои руки. Да, один из пальцев осеняло невидимым сиянием кольцо мученицы.

«Ты могла бы избрать себе откровение Святой, хоть это и не твое кольцо, — продолжали Голоса. — Святой дарована отвага тех, для кого отдавать — это единственный способ получать. Она и такие, как она, подобны неиссякаемым кладезям, откуда можно черпать и черпать. А если все же иссякнет вода, Святая отдаст свою кровь, лишь бы только люди не переставали пить. И, отдавая всю себя другим, постигает Святая всю мудрость мира».

Голоса смолкли. Лони слышала шаги Тальбо по каменным ступеням. Она знала теперь, какое из четырех колец уготовано в этой жизни ей — знала, потому что в прежних своих жизнях, когда звалась другими именами, говорила на других языках и одевалась в другое платье, носила именно его. Носящий же его открывал всю Мудрость Мира через Наслаждение.

Но вспоминать об этом она не хотела. Ибо на пальце у нее незримо блистало кольцо Мученицы.

*Т*альбо подошел вплотную. И Лони, вскинув на него глаза, внезапно заметила, что ночь озарена магическим светом, как будто на дворе — белый день.

«Проснись», — сказали Голоса.

Но звучали они как-то по-иному, и раньше ей такого слышать не приходилось. Она почувствовала, как кто-то растирает ее левое запястье.

— Вставай, Брида, пойдем.

Она подняла веки и от ударившего в глаза слепящего солнечного света тотчас зажмурилась. Какая-то странная Смерть пришла за ней.

— Открой глаза! — повелительно сказала Уикка.

Но Бриде хотелось вернуться в замок. Человек, которого она любила, пошел за священником. Она не могла уйти вот так, не попрощавшись. Он останется один, он будет нуждаться в ней.

— Расскажи мне о своем Даре.

Уикка не давала ей времени собраться с мыслями. Она знала, что участвует сейчас в чем-то необыкновенном, не виданном прежде, в том, что несравненно сильнее ее опыта с картами Таро. И все равно — не давала ей времени. Она знать не знала и не уважала ее чувств — она хотела только открыть ее Дар.

— Расскажи мне о своем Даре, — настойчиво повторила она.

Брида глубоко вздохнула, чтобы справиться с нахлынувшей яростью. Но делать было нечего — Уикка будет упорствовать, пока не добьется своего.

— Я была женщиной, одержимой страстью к...

Уикка проворно зажала ей рот. Потом поднялась, руки ее прочертили в воздухе какие-то причудливые линии.

— Бог есть слово. Будь осторожна! Следи за тем, что говоришь — следи в каждое мгновение своей жизни, в любой ситуации, — произнесла она, пристально глядя на девушку.

А та не могла понять, почему Уикка повела себя таким образом.

— Бог проявляет себя всюду и во всем, но слово — это один из самых излюбленных Им способов действия. Ибо слово есть мысль, выраженная в звуковых колебаниях, ты в буквальном смысле бросаешь на ветер то, что раньше было всего лишь энергией. Будь очень осторожна во всем, что говоришь, — продолжала та. — Слово иногда оказывается могущественней многих таинств и ритуалов.

Брида по-прежнему смотрела на нее с недоумением. Как же можно выразить свои мысли и чувства иначе, не через слово?

— Когда ты назвала себя женщиной, ты на самом деле не была ею. Ты была только ее частью. У других людей могут быть те же воспоминания, что и у тебя.

Бриде показалось в этот миг, что ее обокрали. Та женщина обладала силой, и ей не хотелось бы ни с кем делить ее. Тем более, что у нее был Тальбо.

— Расскажи мне о своем Даре, — еще раз попросила Уикка.

Она не могла допустить, чтобы пережитое произвело на Бриду столь ошеломительное впечатление. Путешествия во времени обычно чреваты подобными проблемами.

— Мне надо очень много рассказать тебе. Именно тебе, потому что больше никто в это не поверит. Прошу тебя, выслушай меня... — умоляюще сказала Брида.

И принялась рассказывать все с самого начала — с той минуты, как ощутила у себя на щеках капли дождя. Ей выпал шанс, который нельзя было упускать — когда еще доведется встретиться с человеком, верящим в сверхъестественное?! Никто больше не станет слушать ее с доверием к каждому слову, потому что люди обычно страшатся узнать магическую сторону жизни — они привыкли к работе, к дому, к ожиданиям, и если услышали бы от кого-нибудь, что во Вселенной высятся за́мки, что карты Таро способны рассказывать диковинные истории, а люди — блуждать в Ночной Тьме, то почувствовали бы себя обездоленными жизнью, ибо у них-то ничего подобного не случалось, и все дни у них были неотличимы один от другого, и все ночи — тоже, и все уик-энды похожи, как близнецы.

И потому Брида поспешила воспользоваться этой возможностью: если слово — это Бог, так пусть тогда окружающий ее воздух наполнят слова, которые объяснят, как оказалась она в прошлом, как запомнила каждую мельчайшую подробность, словно это все происходит сейчас, вот в этом лесу. И чем позже сумеет кто-нибудь доказать ей, что ничего подобного не было и в помине, чем позже время и пространство заставят ее усомниться во всем, чем позже она сама уверует, что все, что было, было лишь иллюзией, тем будет лучше, но даже когда это произойдет, отзвук произнесенных ею слов еще останется в воздухе и запомнится еще одному по крайней мере человеку, для которого магия — это неотъемлемая часть жизни. И человек этот будет знать, что все рассказанное ею было на самом деле.

И она принялась описывать замок, и священнослужителей в черных одеждах с желтыми крестами, и равнину, во всю ширь которой горели бивачные костры, и мужа, чьи мысли ей удалось уловить и постичь. Уикка слушала терпеливо, но проявила интерес лишь в тот миг, когда Брида рассказала о голосах, звучавших в голове Лони. Тут она перебила ее и стала расспрашивать, какие это были голоса — мужские или женские (были и те и другие), слышалось ли в них какое-нибудь чувство вроде злости или, наоборот, желание утешить (нет, они звучали совершенно бесстрастно), и могла ли Лони вызывать их по своему желанию (неизвестно, ей не хватило времени понять это).

— Ну ладно, мы можем идти, — с этими словами Уикка сняла с себя тунику и спрятала ее в сумку.

Брида была немного обескуражена — она-то думала, что заслужила похвалу. Или по крайней мере — удостоится объяснения. Однако Уикка сделалась похожа на тех врачей, которые безразлично осматривают пациента, больше интересуясь симптомами, чем той болью, тем страданием, что эти симптомы вызывают.

$\mathcal{H}$азад шли долго. Каждый раз, как Брида пыталась заговорить об интересовавшем ее, Уикка переводила разговор на то, как стремительно растут цены, какие ужасные пробки в часы пик и сколько проблем доставляет ей управляющий домом.

И лишь когда обе снова уселись в кресла, Брида услышала ее комментарий:

— Вот что я тебе скажу. Не пытайся объяснить эмоции. Старайся проживать каждый день с полной отдачей, во весь накал. Старайся сохранять то, что представляется тебе Божьим даром. Если ты считаешь, что не выдерживаешь жизни в мире, где «жить» важнее, чем «понимать», откажись от магии. Самый верный способ разрушить мост между видимым и незримым — это пытаться растолковать самой себе чувства, которые испытываешь.

А чувства неслись вскачь, как бешеные кони, и Брида сознавала, что разум не сумеет полностью укротить их. Когда-то у нее был возлюбленный, который по какой-то причине бросил ее. Тогда Брида в течение нескольких месяцев не выходила из дому, ежедневно объясняя себе, сколько сотен неприятностей, сколько тысяч несообразностей таили в себе — а чаще являли — эти прерванные отношения. И однако же каждое утро, когда она просыпалась, ее первая мысль была о нем, и она знала, что едва лишь он позвонит ей, как в конце концов она согласится на свидание.

Залаяла на кухне собака. Брида уже знала, что это — условный сигнал: отведенное ей время подходит к концу, пора уходить.

— Но ведь мы даже не успели поговорить толком! — взмолилась она. — Мне надо было задать тебе по крайней мере два вопроса.

Но Уикка уже поднялась. Она заметила за своей гостьей манеру говорить о самом важном уже в дверях.

— Я хочу спросить, существовали ли на самом деле те священники, которых я видела?

— Мы переживаем необыкновенные минуты, а потом, не пройдет и двух часов, сами пытаемся убедить себя, что это было всего лишь плодом нашего воображения, — ответила Уикка, подходя к книжной полке.

Брида вспомнила, как недавно, в лесу, думала о людях, которым неведомое и необыкновенное внушает страх. И ей стало стыдно.

Уикка вернулась, держа в руке книгу.

— Катары, или Совершенные, были приверженцами церкви, существовавшей на юге Франции в XII веке. Они верили в переселение душ, в то, что добро и зло —

абсолютны. Что мир разделен надвое — на избранных и на обреченных вечному проклятию. А потому не стоит и стремиться к обращению кого бы то ни было.

То, как катары относились к земным благам, склонило на их сторону лангедокских баронов, которые один за другим стали принимать их веру, ибо это избавляло феодалов от необходимости платить установленную в ту эпоху церковную десятину. А поскольку катары считали, что человеку еще до рождения предопределено, будет ли он добрым или злым, то и отношение их к греху было очень снисходительным. Особенно — к согрешившим женщинам. Строжайшие правила поведения предписывались только тем, кто принимал сан священника.

Всех все устраивало до тех пор, пока учение катаров не стало распространяться вширь, охватывая многие города. Католическая церковь почуяла угрозу и призвала к Крестовому походу против еретиков. На протяжении четырех столетий катары и католики вели кровопролитные бои, но в итоге приверженцы папы с помощью чужестранных армий сумели окончательно уничтожить все города, принявшие новую религию. Устояла одна только крепость Монсегюр в Пиренеях, защитники которой обороняли ее, пока осаждавшие не обнаружили тайную тропу — по ней в город доставляли припасы. Мартовским утром 1244 года, после того как крепость пала, 220 катаров с пением псалмов и гимнов взошли на огромный костер, разложенный у подножия горы, на которой и был возведен Монсегюр.

Уикка произнесла все это, держа на коленях закрытую книгу. И лишь досказав историю, раскрыла книгу и показала Бриде фотографию.

Брида увидела остатки крепости — превращенную в руины башню и уцелевшие стены. Вот внутренний двор, вот ступени, по которым поднимались Лони и Тальбо, стена, пристроенная к уступу скалы.

— Ты сказала, что хочешь спросить меня еще о чем-то.

Но теперь это уже не имело ни малейшего значения. Брида была не в силах размышлять здраво. С большим трудом ей удалось вспомнить, что же все-таки она хотела узнать.

— Да, я хотела... хотела спросить, зачем ты тратишь на меня время? Зачем учишь меня?

— Этого требует Традиция, — ответила Уикка. — Ты прошла череду перевоплощений, но мало изменилась. Ты принадлежишь к тому же типу людей, что я и мои друзья. Мы — те, на кого возложено хранить Традицию Луны.

Ты — ведьма.

Брида не обратила внимания на эти слова. И ей даже в голову не пришло назначить новую встречу. Сейчас она хотела только уйти отсюда и увидеть все то, что могло бы вновь перенести ее в прежний, привычный мир — пятно сырости на стене, брошенную на пол пачку сигарет, какие-то письма и буклеты, забытые на столике консьержа.

«Завтра возьмусь за работу», — подумала она, неожиданно озаботившись своим расписанием.

По дороге домой она стала перебирать в памяти сделанные на прошлой неделе расчеты по экспорту, которым занималась компания, где она работала, и неожиданно поняла, как упростить кое-какие процедуры делопроизводства. Она осталась очень довольна собой — быть может, начальство похвалит ее, а то и прибавит жалованья.

Дома она поужинала, посмотрела немного телевизор. Потом занесла свои расчеты на бумагу. И в изнеможении повалилась в постель.

Расчеты общего объема отгрузок — вот что должно иметь значение для нее. Ломать голову имеет смысл лишь над тем, за что тебе платят.

Все прочее не существует. Все прочее — ложь.

Всю следующую неделю Брида просыпалась по будильнику, с необыкновенным усердием и старанием трудилась в своей экспортной компании и получала вполне заслуженные похвалы от начальства. Не пропускала ни одной лекции в университете, накупала множество журналов и прочитывала их от корки до корки. От нее требовалось только одно — не думать. Когда же ей невольно вспоминалось, что в лесу она познакомилась с Магом, а в городе — с ведьмой, то мысли об экзаменационной сессии или ехидная реплика одной подруги по поводу другой оттесняли эти воспоминания.

Пришла пятница, и, как было условлено, у факультетских дверей ее встретил Лоренс — они собирались сходить в кино. Потом отправились в один из баров, где любили бывать, разговаривали о фильме, о друзьях и о том, что происходит на работе у него и у нее. Повстречали компанию приятелей, возвращавшихся с какой-то вечеринки, и вместе с ними пошли ужинать, потому что в Дублине, слава богу, всегда можно найти открытый допоздна ресторанчик.

В два часа ночи они с ними распрощались и двинулись к Бриде. Дома она поставила диск «Айрон Баттерфлай»[1], налила порцию двойного виски себе и ему. Обнявшись, они сидели на диване в отрешенном молчании. Лоренц гладил ее волосы, шею, грудь.

— Сумасшедшая какая-то была неделя, — вдруг сказала Брида. — Работала без передышки, готовилась к экзаменам, бегала за покупками.

Музыка смолкла. Брида поднялась, чтобы перевернуть пластинку.

— Помнишь, на кухне шкафчик, у которого никогда не закрывалась дверца? Так вот, я сумела наконец выкроить время и позвать мастера, чтобы он ее привел в порядок... Да, и еще несколько раз пришлось сходить в банк. Получить деньги, переведенные отцом... потом еще чеки нашей фирмы... и потом...

Лоренс пристально смотрел на нее.

— Чего ты смотришь? — спросила она почти враждебным тоном. Что это за человек сидит напротив — всегда помалкивает, только смотрит, неспособен сказать что-нибудь умное... Идиотская ситуация. Он ей не нужен. Ей никто не нужен. — Что смотришь, спрашиваю? — повторила она с еще большим раздражением.

---

[1] Группа, считающаяся основательницей хард- и психоделического рока.

Но он и на этот раз промолчал. Поднялся и очень нежно вновь усадил ее на диван. Сел рядом.

— Ты не слушаешь меня... — произнесла сбитая с толку Брида.

Лоренс опять привлек ее к себе.

«Чувства несутся вскачь, как бешеные кони», — вспомнилось ей.

— Расскажи мне все, — так же нежно попросил Лоренс. — Я сумею выслушать и понять твое решение. И подчинюсь ему. Даже если ты скажешь, что уходишь к другому. Даже если захочешь, чтобы мы расстались.

«Мы вместе — уже довольно долго. Но я не знаю тебя до конца, не знаю, какая ты. А сегодня мне целый вечер кажется, что ты — это не ты».

Бриде захотелось расплакаться. Но все слезы были уже пролиты, пока она шла в Ночной Тьме, пока смотрела на говорящие карты Таро, пока брела по заколдованному лесу. Чувства — как бешеные кони. Что ж, придется дать им волю, ничего другого не остается.

Она села перед Лоренсом, вспомнив, что и Маг, и Уикка любят эту позу. Потом разом, не останавливаясь, выложила все, что случилось с ней после того, как в лесу произошла ее встреча с Магом. Лоренс слушал молча, не перебивая. Когда же она упомянула фотографию, он спросил, не приходилось ли ей когда-нибудь на каких-нибудь курсах слышать о катарах.

— Я знаю, ты не веришь ни единому слову из того, что я рассказываю, — ответила она на это. — Ты считаешь, что это бессознательно отложилось у меня в памяти и я просто припомнила то, что уже знала, да забыла. Так вот, Лоренс, никогда в жизни я не слышала о катарах. Впрочем, у тебя всему найдутся объяснения.

Она не могла унять дрожь в руках. Лоренс между тем поднялся, взял лист бумаги и проделал в нем два отверстия на расстоянии двадцати сантиметров одно от другого. Потом вертикально поставил лист на стол и подпер бутылкой, чтобы держался.

Потом ушел на кухню и принес оттуда пробку.

Присел к столу и отодвинул бутылку и лист на другой конец, а перед собой положил пробку.

— Подойди сюда, — сказал он Бриде.

Та поднялась, пытаясь скрыть, как дрожат у нее руки, но Лоренс, казалось, не обращал на это ни малейшего внимания.

— Давай представим себе, что пробка — это электрон, одна из элементарных частиц, составляющих атом. Понятно?

Брида кивнула.

— Тогда смотри внимательно. Если бы у меня была здесь сложнейшая аппаратура, которая позволила бы мне «выстрелить электроном» в сторону этого бумажного листа, он прошел бы через оба отверстия одновременно. Только электрон способен пройти через два отверстия и при этом *не разделиться*.

— Не может быть, — сказала она. — Я не верю.

Лоренс скомкал лист и швырнул его в мусорное ведро. Пробку положил туда, откуда взял, — он вообще был очень организованный человек.

— Можешь не верить, но дело обстоит именно так. Все физики знают это, но никто не может объяснить. Вот и я не верю ничему из того, что ты мне рассказала. Но знаю, что каждое твое слово — правда.

Руки у Бриды все еще тряслись. Но она не плакала и не потеряла самообладания. Одно только было ей вполне очевидно — выпитый виски уже совершенно перестал на нее действовать. Голова была ясной и работала с необыкновенной отчетливостью.

— А как поступают твои физики, сталкиваясь с тайнами науки?

— Проникают в Ночную Тьму, если использовать выражение, которому ты меня научила. Мы знаем, что тайна пребудет с нами всегда — и потому учимся принимать ее и жить с нею.

Уверен, что то же самое происходит сплошь и рядом в жизни. В Ночную Тьму погружена Мать, вразумляющая сына, и эмигрант, приехавший за тридевять земель в поисках работы и денег. Все верят, что их усилия не пропадут втуне, что труды будут вознаграждены, что настанет день, когда они поймут, что же произошло с ними на этом пути и что́ в тот миг так страшило их.

Но вперед нас ведут не резоны и доводы, а воля и желание.

Брида почувствовала, как внезапно навалилась на нее неимоверная усталость. Стало клонить в сон — в то единственное волшебное царство, куда открыт ей теперь доступ.

$\mathcal{U}$ в ту ночь ей снились прекрасные сны — какие-то моря и поросшие деревьями острова. Она проснулась на рассвете и обрадовалась, что Лоренс — рядом. Поднялась, подошла к окну, взглянула на еще спящий Дублин.

Ей вспомнился отец: когда она просыпалась с криком от того, что приснилось что-то страшное, он брал ее на руки и подносил к окну. И это детское воспоминание потянуло за собой другое.

Она была на пляже с отцом, и он попросил ее посмотреть, очень ли холодная вода в море. Бриде было тогда пять лет, и она, очень обрадовавшись такому ответственному поручению, побежала к воде, окунула в нее кончики пальцев.

— Я попробовала — холодная! — крикнула она отцу.

А тот взял ее на руки, вошел в море и вдруг, не сказав ни слова, швырнул ее в воду. Брида сначала испугалась, но потом эта забава ей понравилась.

— Ну как тебе вода? — осведомился отец.

— Отличная! — закричала она в восторге.

— Ну, так вот отныне и впредь запомни: хочешь познать что-нибудь — погрузись в это с головой.

Брида не последовала этому совету и очень быстро вообще позабыла о нем. В свои неполные двадцать два года она перепробовала уже множество всякой всячины, но каждый раз остывала так же легко, как загоралась чем-то новым. Ее страшили не трудности, а необходимость, однажды избрав некий путь, всегда им следовать.

Изберешь один какой-то путь — значит, придется отказаться от всех прочих. Впереди у нее была целая жизнь, и Бриде всегда казалось, что, быть может, в будущем она горько пожалеет о том, чем сейчас занялась бы с удовольствием.

«Я боюсь обязательств», — думала она. Хотелось пройти множество открытых перед нею дорог, а в итоге могло получиться так, что не пройдет ни одной.

Даже в том, важнее чего нет в жизни — в любви, не сумела она дойти до конца: испытав первое разочарование, она лишилась возможности полностью вверяться охватившему ее чувству. Потому что боялась — боялась страдания, потери, неизбежного расставания. А ведь и то, и другое, и третье непременно встретятся на дороге любви, и единственный способ избежать их — не вступать на эту дорогу вовсе. Все очень просто: не хочешь страдать от любви — не люби.

Как если бы человек, чтобы не видеть всех мерзостей жизни, взял бы да и выколол себе глаза.

«Боже, как трудно жить на свете...»

Надо рисковать, надо по каким-то путям идти до конца, а с каких-то — поворачивать назад. Она вспомнила, как Уикка говорила, что некоторые люди идут по дороге для того лишь, чтобы убедиться — она им не подходит. И это еще не самое скверное. Куда хуже необходимость делать выбор и до конца дней своих терзаться мыслью — а правильно ли ты выбрал? Никому на свете не удается сделать выбор, не мучаясь при этом страхом.

Но таков, стало быть, закон жизни. Это — Ночная Тьма, и никто в мире не сможет избегнуть ее, даже если не станет принимать никаких решений, если даже не найдет в своей душе отваги что-либо изменить, ибо отсутствие решений — уже есть решение. Но ему никогда не обрести сокровищ, таящихся в Ночной Тьме.

Наверно, Лоренс прав. И дойдя до конца, люди смеются над страхами, мучившими их в начале. Точно так же, как сейчас она смеется над змеями и скорпионами, которыми ее фантазия населила лес. Отчаяние было так велико, что она даже позабыла — святой Патрик, небесный покровитель Ирландии, в незапамятные времена вывел отсюда всех змей.

— Как хорошо, что ты есть на свете, Лоренс, — прошептала она так, чтобы он не услышал.

Снова легла и вскоре уснула. Но сну предшествовало еще одно воспоминание об отце. Как-то в воскресенье семейство в полном составе отправилось обедать в дом деда. Бриде было в ту пору уже лет четырнадцать, и она жаловалась, что ей никак не дается какое-то домашнее задание — все, что ни начинала она делать, оказывалось ошибочным.

«Быть может, эти ошибки и научат тебя чему-то», — сказал тогда отец. Брида же упорно твердила, что ничему они ее не научат, потому что она избрала неверный путь и теперь уже делать нечего.

Тогда отец взял ее за руку и повел в ту комнату, где ее дед смотрел телевизор. Там же стояли старинные стенные часы, остановившиеся много лет назад, потому что нужных деталей давным-давно уже не выпускали.

«Смотри, — сказал отец, подведя ее к этим часам. — и постарайся понять, что нет на свете ничего совершенно ошибочного. Даже сломанные часы дважды в сутки показывают точное время».

О
на шла некоторое время по горе и вот наконец встретила Мага. Он сидел на уступе скалы недалеко от вершины и созерцал долину и отроги гор на востоке. Вид открывался необыкновенной красоты, и Брида вспомнила, что эти места издавна облюбовали себе духи.

— Может ли быть так, что Бог — это Бог только красоты? — спросила она, подойдя поближе. — И как в таком случае быть в этом мире людям и местам, красотой обделенным?

Маг не ответил. И Брида слегка растерялась.

— Ты, наверно, не помнишь меня? Я была здесь два месяца тому назад. Провела здесь, в лесу, всю ночь напролет, в полном одиночестве. И пообещала себе самой, что вернусь лишь после того, как отыщу свой путь. И я познакомилась с женщиной по имени Уикка.

Маг моргнул. Он знал, что девушка ничего не заметила. Но его позабавила ирония судьбы.

— Уикка сказала мне, что я ведьма, — продолжала Брида.

— Но ты ей не поверила?

Маг разомкнул уста впервые за все то время, что она стояла рядом. И девушка обрадовалась, поняв, что он все-таки слушает ее — до сих пор она не была в этом уверена.

— Поверила. Поверила и ей, и Традиции Луны. Но я знаю — Традиция Солнца помогла мне, когда заставила понять суть Ночной Тьмы. И вот поэтому я снова здесь.

— Что ж, тогда садись рядом, и будем вместе смотреть на закат, — сказал Маг.

— Больше я одна в лесу не останусь, — ответила Брида. — В последний раз...

— Не говори этого! — прервал ее Маг. — Бог — в словах.

Брида вспомнила, что и Уикка говорила то же самое.

— А что не так?

— Скажешь «В последний раз», он и в самом деле может стать последним. Ведь, в сущности, ты хотела лишь сказать: «Когда я недавно была здесь...»

Брида призадумалась: отныне придется тщательно взвешивать каждое слово, прежде чем произнести его. Пока что она решила и впрямь посидеть молча, по совету Мага глядя на закат.

Но это созерцание почему-то вселяло в нее тревогу. До наступления сумерек оставался еще почти целый час, а ведь ей надо столько сказать Магу, столько всего узнать у него!.. Как только она останавливалась, замирала, завороженная каким-то зрелищем, у нее тотчас возникало ощущение, что драгоценное, отмеренное по минутам время ее жизни утекает меж пальцев, что она не успеет сделать множество важных дел и встретить нужных и близких людей, и ей всегда казалось, что этому времени можно было бы найти лучшее применение, ибо ей еще так много предстоит познать и понять. Но сейчас, глядя, как солнце все ближе к горизонту, как золотистые и розовые стрелы пронизывают облака, Брида чувствовала — всю жизнь она боролась с собой для того лишь, чтобы когда-нибудь, в один прекрасный день можно было сесть вот так и созерцать закат, подобный тому, что сейчас полыхал перед нею.

— Ты умеешь молиться? — вдруг спросил Маг.

Разумеется, Брида умела молиться. Нет человека на свете, который бы не умел.

— Что ж, если так, то когда солнце коснется линии горизонта, сотвори молитву. По Традиции Солнца люди причащаются Богу через молитвы. И молитва, сказанная словами души, оказывается могущественней, чем любые ритуалы.

— Не могу... — ответила Брида. — Моя душа безмолвствует.

Маг рассмеялся.

— Душа погружена в безмолвие лишь у великих Просвещенных.

— Почему же тогда я не могу молиться душой?

— Потому что тебе не хватает смирения вслушаться в нее и понять, чего она хочет. Тебе стыдно слушать ее просьбы. Тебе страшно передавать эти просьбы Богу, ибо ты считаешь, будто у Него нет времени заниматься такими пустяками.

У Бриды перед глазами был закат, рядом с нею сидел мудрец. И как всегда с ней бывало в такие минуты, ей казалось, что ничего этого она не заслуживает.

— Да, я считаю, что недостойна... Думаю, духовный поиск существует для других людей — не таких, как я. Для тех людей, которые лучше меня...

— Такие люди — если они вообще существуют — не нуждаются ни в каких поисках. Они сами по себе — воплощение духа. Поиск предназначен для таких, как мы с тобой.

«Мы с тобой», — сказал он. Но как же далеко ей до него!

— И по Традиции Луны, и по Традиции Солнца Бог пребывает в небесных высях, — сказала Брида, понимая, что Традиция — одна и та же, а различны только способы обучения ей. — Так научите меня, пожалуйста, молиться.

Маг повернул голову к садящемуся солнцу, закрыл глаза.

— Мы — простые, смертные люди и не ведаем, Господи, твоего величия. Ниспошли нам смирения просить у Тебя то, что нам нужно, ибо никакое желание не бывает ничтожным, никакая мольба — напрасной. Каждый знает, чем дать пропитание своей душе. Даруй нам отвагу думать, что наши желания исходят из источника Твоей вечной Мудрости. Лишь принимая их, мы сумеем понять, кто же мы такие на самом деле, Господи. Аминь.

— Теперь настал твой черед, — сказал Маг.

— Господи, сделай так, чтобы я понимала: все хорошее, что происходит в моей жизни, происходит потому, что я этого заслуживаю. Сделай так, чтобы я понимала: на поиски Твоей истины меня ведет та же сила, что вела когда-то святых. И что одолевающие меня сомнения — соприродны тем, что когда-то одолевали их. И слабости, свойственные мне, были когда-то присущи им. Даруй мне, Господи, право смиренно принять то обстоятельство, что я ничем не отличаюсь от других. Аминь.

Они сидели в молчании и смотрели на закат, покуда последний отблеск солнечных лучей не погас в облаках. Их души воссылали молитвы, о чем-то просили и благодарили за то, что оказались рядом.

— Давай зайдем в здешний бар, — предложил Маг.

Брида снова надела туфли, и они начали спускаться в поселок. Ей снова припомнился тот день, когда она отправилась в горы искать его. Она обещала самой себе, что вновь расскажет эту историю только еще раз в жизни; не было необходимости по-прежнему убеждать себя, что все это было взаправду.

Маг смотрел, как идет перед ним эта девушка, как хочет показать, что ей нипочем ни скользкая земля, ни камни, хоть при этом и спотыкается на каждом шагу. Сердце его немного возвеселилось, но он тут же вновь насторожился.

Ибо знал: Божьи благословения иногда влетают к нам, круша оконные стекла.

«Как хорошо, что Брида — рядом», — думал Маг, покуда они по склону горы шли вниз. Он ведь тоже был такой, как все — и ему свойственны те же слабости, что и всем прочим людям. И достоинства, впрочем, тоже. И он до сих пор еще не сжился с ролью Наставника. Поначалу, когда со всех концов Ирландии приходили в этот лес люди, жаждущие его поучений, он говорил им о Традиции Солнца и просил их видеть и сознавать, что же находится вокруг них. Именно там Бог спрятал свою мудрость, и каждый способен постичь ее, овладев простейшими приемами. Вот и все. Способ обучения по Традиции Солнца еще две тысячи лет назад был описан апостолом: «И был я у вас в немощи и в страхе и в великом трепете. И слово мое и проповедь моя не в убедительных словах человеческой мудрости, но в явлении духа и силы, чтобы вера ваша утверждалась не на мудрости человеческой, но на силе Божией».

Но люди, казалось, были неспособны постичь его слова о Традиции Солнца и разочарованы тем, что перед ними — человек как человек, мало чем отличающийся от них самих.

«Нет, — говорил он тогда, — я Наставник и занят исключительно тем, чтобы дать каждому подходящие ему средства достижения Мудрости». Но людям нужно было гораздо больше, и нуждались они не в наставнике, а в проводнике. Они не понимали пути Ночной Тьмы, не могли уразуметь, что любой проводник, оказавшись в ней, сумеет осветить своим фонарем лишь то, что захочет увидеть сам. И если вдруг, по несчастной случайности, фонарь его погаснет, люди, ведóмые им, пропадут, погибнут, ибо никогда не сумеют найти путь назад.

Но люди требовали себе проводника. А ему, чтобы стать хорошим Наставником, надо было удовлетворять потребности других и, значит, исполнять их требования.

И тогда он принялся уснащать свои поучения подробностями ненужными, но яркими и завораживающими, чтобы все могли принять и усвоить суть. И способ этот принес свои плоды. Люди изучили Традицию Солнца и когда наконец-то усвоили, сколь многое из того, что велел им делать Маг, было совершенно бессмысленно, сами же посмеялись над собой. И Маг был доволен, потому что наконец-то сумел научиться учить.

Но Брида оказалась совсем другим человеком. Ее молитва глубоко тронула душу Мага. Девушка умудрилась понять, что ни один из тех, кто ступает по этой земле, ничем не отличается и не отличался от других. Очень-очень немногие нашли бы в себе смелость сказать, что великие Наставники минувших веков наделены были теми же достоинствами и недостатками, пороками и добродетелями, которые свойственны всем людям на свете, но это ни на йоту не ослабляло их способность искать Бога. Считать себя хуже других есть одно из самых неистовых проявлений гордыни, какое только может быть, ибо означает, что человек наиболее разрушительным образом проявляет свою особость.

...В баре Маг заказал две порции виски.

— Погляди на этих людей, — сказала Брида. — Наверно, они приходят сюда каждый вечер. Наверно, они всегда делают одно и то же.

Маг в эту минуту засомневался, что Брида в самом деле считает себя такой же, как все.

— Тебя слишком заботят другие люди, — ответил он. — А они ведь — всего лишь отражение тебя самой.

— Знаю. Я уже давно определила, что может доставить мне радость, а что — опечалить. И вдруг осознала, что нужно сменить эти понятия. Но это трудно.

— И что же заставило тебя переменить взгляд?

— Любовь. Я познакомилась с человеком, который дополняет меня. Несколько дней назад он показал мне, что и его мир полон тайн. Так что я теперь не одна.

Маг оставался все так же бесстрастен, но тотчас вспомнил, что благословение иногда влетает, круша оконные стекла.

— Ты любишь его?

— Люблю. И оказалось, что могу любить еще сильней. Даже если путь, на который я вступаю, не научит меня отныне ничему новому, я, по крайней мере, уже усвоила одну очень важную вещь: необходимо рисковать.

Пока они спускались с горы, Маг мысленно уже устроил грандиозный вечер: он хотел показать Бриде, как сильно он нуждается в ней и что он — такой же мужчина, как и все остальные, и точно так же страдает от одиночества. Но ей нужны были только ответы на ее вопросы.

— Что-то странное ощущается в воздухе... — заметила она.

— Это Вестники, — отозвался Маг. — Демоны. Те, что стоят не по левую руку от Всевышнего. Те, что не ведут нас к свету.

Глаза его блестели. В самом деле, что-то изменилось неузнаваемо — а он толкует про демонов.

— Господь из своей левой руки создал целый легион, призванный совершенствовать нас и объяснять нам наше предназначение, — продолжал между тем Маг. — Но Он взвалил на человека бремя — позволил ему концентрировать силы тьмы и творить своих собственных демонов.

Именно этим сейчас и занимался он сам.

— Но разве мы не можем концентрировать и силы света, силы добра? — немного испуганно возразила девушка.

— Не можем.

Это хорошо, что она о чем-то спрашивает, ему нужно отвлечься. Он не хотел творить демона. В Традиции Солнца они зовутся Вестниками и способны сотворить много добра или много зла — но лишь великим Наставникам даны власть и право заклинать и призывать их. Он и сам был великим Наставником, однако не хотел делать это сейчас, ибо сила Вестников может быть опасна, особенно когда она перемешивается с любовным разочарованием.

Бриду его ответ совсем сбил с толку. «Маг ведет себя как-то странно», — подумала она.

— Мы не можем сконцентрировать Добро, — продолжал он, прилагая неимоверные усилия к тому, чтобы обращать внимание на свои собственные слова. — Сила Добра всегда рассеивается, подобно свету. Когда из тебя исходит эманация Добра, эти колебания благотворят все человечество. А когда ты собираешь воедино силы Вестника, ты действуешь на пользу — или во вред — себе одной.

Глаза его светились. Подозвав хозяина, он заплатил по счету.

— Пойдем ко мне, — предложил он. — Выпьем чаю, и ты скажешь мне, какие вопросы в своей жизни считаешь самыми главными.

Брида колебалась. Маг был привлекателен. Она — тоже. И потому опасалась, что этот вечер испортит ее ученичество.

«Необходимо рисковать», — повторила она себе.

$\mathcal{D}$ом, где обитал Маг, находился не очень далеко от деревни. Брида заметила, что он, хоть совсем и не похож на жилище Уикки, уютен и со вкусом обставлен. Ее удивило, что комната была почти пуста: совсем нет книг и очень мало мебели.

Они пошли на кухню, приготовили чай и вернулись в комнату.

— Зачем ты сегодня пришла сюда? — спросил Маг.

— Я пообещала себе самой, что вернусь в тот день, когда уже что-нибудь познаю.

— И что же? Познала?

— Немногое. Теперь я знаю, что дорога — проста и потому оказалась трудней, нежели представлялась вначале. Но я сумела сделать свою душу проще. И вот первый вопрос. Зачем ты тратишь на меня время?

«Потому что ты — моя Иная Часть», — подумал Маг, но вслух сказал:

— Потому что мне тоже иногда хочется с кем-то поговорить.

— Что ты думаешь о пути, который я избрала, — о Традиции Луны?

Маг понял, что должен будет сказать правду. Хотя он предпочел бы, чтобы это была другая правда.

— Это — твой путь. Уикка совершенно права. Ты — ведьма. Ты усвоишь уроки, которые при начале времен преподал Бог.

И задумался над тем, почему же так устроена жизнь, почему он повстречал свою Иную Часть, которая может постигать премудрость только через Традицию Луны.

— И у меня есть еще один вопрос, — сказала Брида, думая о том, что уже поздно и скоро перестанут ходить автобусы. — И мне нужно получить ответ, а Уикка не даст мне его. Я уверена в этом, потому что она — женщина, как и я... Она всегда останется моей Наставницей, но в таких делах всегда будет прежде всего женщиной. Так вот, я хочу знать, как мне найти мою Иную Часть?

«Она перед тобой», — подумал Маг.

Но вслух не сказал ничего. Прошел в угол комнаты и погасил свет, оставив только причудливую скульптурную композицию из акрила, которую Брида заметила, как только вошла: внутрь была налита вода, и пузыри то всплывали на поверхность, то уходили ко дну, озаряя комнату зелеными и синими отблесками.

— Мы встречались уже дважды, — сказал Маг, не сводя глаз с этой конструкции. — Мне позволено учить только по Традиции Солнца. Она пробуждает в людях многовековую мудрость, которая дремлет в них под спудом.

— Как же я найду свою Иную Часть через Традицию Солнца?

— Люди ведут этот великий поиск по лицу земли, — отвечал Маг, повторив — хоть и сам не знал этого — слова Уикки.

«Должно быть, оба учились у одного Наставника», — подумала Брида.

— И тем, кто ищет свою Иную Часть, Традиция Солнца подает в этом мире знак — блеск в глазах.

— Мне часто приходилось видеть блеск в глазах, — сказала Брида. — Вот совсем недавно, когда мы сидели в баре, у тебя тоже блестели глаза. И вот эту-то примету ищут все?

«Она уже успела позабыть свою молитву, — подумал Маг. — Она опять уверовала в свою особость. Она не в силах признать, что Бог может быть так великодушен и щедр к ней».

— В глазах я ничего не понимаю, — настойчиво продолжала она. — Я хочу знать, как, следуя Традиции Луны, обретают люди Иную Часть себя.

Маг повернулся к ней. Глаза его глядели холодно и бесстрастно.

— Знаю, я огорчила тебя. Огорчила тем, что все еще не могу учиться на простых вещах. Но только ты не понимаешь, что люди страдают, ищут, а иногда и убивают себя из-за любви, не зная, что исполняют божественное предназначение, а оно состоит в том, чтобы найти Иную Часть. Ты позабыл — потому что мудр и уже не помнишь о простых, обычных людях, — что я несу с собой бремя тысячелетних разочарований и уже никогда не сумею усвоить некоторые вещи через простоту жизни.

Маг оставался бесстрастен.

— Точка, — промолвил он. — Светящаяся точка на левом плече того, кому суждено быть твоей Иной Частью. Так происходит по Традиции Луны.

— Я ухожу, — сказала Брида, хотя ей очень хотелось, чтобы он попросил ее остаться. И тогда она осталась бы. Он ведь еще не ответил на ее вопрос.

Но Маг вместо этого поднялся и проводил ее до дверей.

— Я изучу все, что знаешь ты, — произнесла она. — Я научусь различать эту точку.

Маг дождался, когда силуэт Бриды растаял на дороге. Беспокоиться не о чем: через полчаса должен подойти автобус на Дублин. Потом, в саду, он выполнил еженощный ритуал: это уже вошло у него в привычку, но все же иногда требовались значительные усилия, чтобы достичь нужной концентрации внимания. А сегодня он был как-то особенно рассеян.

Окончив ритуал, Маг сел на пороге и долго смотрел на небо. Он думал о Бриде. Он представлял, как едет она в автобусе, видел светящуюся точку у нее на левом плече — точку, которую мог различить он один, потому что эта девушка была его Иной Частью. Думал о том, как, должно быть, нестерпимо жаждет она завершить поиск, начавшийся одновременно с ее появлением на свет. Еще думал, как холодно и отчужденно держалась она, едва перешагнув порог его дома, и что это — добрый знак: она пребывает в смятении чувств и защищается от того, что недоступно ее пониманию.

И еще — не без страха — он думал о том, что она влюблена.

— Нет людей, которые не смогли бы отыскать Иную Часть себя, Брида, — вслух, в полный голос произнес Маг, обращаясь к деревьям и кустам своего сада. Хотя в глубине души сознавал, что и он сам, уже столько лет знающий Традицию, еще должен укреплять свою веру в это и обращается, значит, к самому себе.

— Каждый из нас в какой-то определенный момент своей жизни встречает ее, и они узнают друг друга, — продолжал он. — Если бы я не был Магом, если бы не видел светящуюся точку на твоем левом плече, я бы, наверно, тоже не сразу бы принял тебя, медлил бы и выжидал. И ты боролась бы за меня, и наступил бы день, когда я сумел бы разглядеть блеск в твоих глазах. Однако я — Маг, и отныне бороться за тебя придется мне. За то, чтобы мое познание превратилось в мудрость.

Он еще долго смотрел в темноту и думал о Бриде в автобусе. Было холоднее, чем всегда, — лето кончалось.

«Нет риска в Любви, и скоро ты поймешь это сама. Тысячелетиями люди ищут и находят друг друга».

И неожиданно осознал, что может ошибаться в этом. Риск существует.

И заключается он в том, что человек в том же воплощении может встретить не одну Иную Часть. И это ведь тоже происходило на протяжении тысячелетий.

Зима и весна

В течение двух последующих месяцев Уикка посвящала Бриду в первые таинства волшбы и ведовства. По ее словам, женщины обучаются этому легче и скорее, чем мужчины, потому что в их теле ежемесячно совершается полный природный цикл — рождение, жизнь, смерть. «Лунный цикл», — говорила она.

Бриде пришлось купить тетрадь и заносить в нее все свои ощущения и впечатления, начиная с первой встречи. Тетрадь надо было постоянно пополнять свежими записями, а на обложке — изобразить звезду с пятью лучами, соотносившую все написанное с Традицией Луны. Уикка рассказала, что у всех, кто практикует ворожбу и колдовство, есть такой дневник и назван он в память сестер, погибших за четыре столетия охоты на ведьм, — «Книга теней».

— Но зачем все это?

— Надо разбудить Дар. Без него все, что ты познаешь, будет лишь Мелкими Тайнами. Даром своим ты сможешь служить миру.

Брида должна была отыскать в своей квартире уединенный уголок, чтобы поставить там маленький алтарь, перед которым день и ночь горела свеча — согласно Традиции Луны, это был символ четырех стихий: фитиль содержал в себе землю, парафин — воду, огонь горел, а воздух не давал ему погаснуть. Свеча была важна также и для того, чтобы напомнить: есть поручение, которое надо выполнить, и она, Брида, вовлечена в это. И только свеча должна оставаться на виду — все прочее следует прятать на полке или в ящике, ибо еще с эпохи Средневековья повелось так, что ведьмам предписано хранить в глубочайшей тайне все, что они делают, и иные пророчества предрекают, что в конце тысячелетия вновь настанет Тьма.

И всякий раз, когда Брида, возвращаясь домой, видела горящую свечу, она испытывала чувство непривычной, какой-то чуть ли не сакральной ответственности.

Уикка приказывала ей внимательно прислушиваться ко всем шумам и звукам, что исторгает мир. «Где бы ты ни была, ты сможешь услышать шум мира, — говорила она. — Это шум неумолчный и непрестанный, он звучит в горах, в городе, на небесах, на дне морском. Прислушайся — и ты уловишь легчайшую вибрацию, колебания — это Душа Мира преображается, двигаясь к свету. Колдунья должна быть особенно чутка к этому, ибо она сама — важный элемент этого продвижения».

Уикка объясняла, что Древние говорят с нашим миром на языке символов. Пусть никто не слушает их, пусть язык этот позабыт почти всеми — Древние никогда не прекращают этот разговор.

— Они — такие же, как мы? — однажды спросила ее Брида.

— Мы — это и есть они. И внезапно нас осеняет постижение всего, что открылось нам в прошлых жизнях и что великие мудрецы оставили на скрижалях Вселенной. Сказал Иисус: «Царство Божие подобно тому, как если человек бросит семя в землю; и спит, и встает ночью и днем; и, как семя всходит и растет, не знает он».

Род человеческий вечно пьет из этого неиссякаемого источника — и когда все кругом твердят, что все кончено, находит все же способ выжить. Он выжил, когда обезьяны согнали людей с деревьев, выжил, когда воды потопа покрыли землю. И выживет, когда все будут готовиться к окончательной катастрофе.

Мы ответственны за Мироздание, ибо мы и есть Мироздание.

И чем больше времени проводила Брида в общении с Уиккой, тем сильнее сознавала она ее красоту.

*У*икка продолжала наставлять Бриду в Традиции Луны. Велела ей обзавестись кинжалом с обоюдоострым клинком, да чтобы еще был неправильной формы, напоминающей язык пламени. Брида обошла множество магазинов и антикварных лавок, но так и не нашла ничего похожего. Выручил Лоренс — он попросил своего университетского коллегу, химика и металлурга, изготовить искомое. Потом сам приделал к нему деревянную рукоять и вручил подарок Бриде, показав тем самым, что уважает поиск, который она ведет.

Уикка освятила кинжал, совершив сложный ритуал: угольком чертила на лезвии какие-то таинственные знаки, постукивала по нему деревянной ложкой, произносила заклинания. Она объяснила, что кинжал должен стать продолжением руки, а на острие клинка надлежит сосредоточиться всей телесной энергии. Именно поэтому феи использовали волшебные палочки, а магам требовался меч.

Когда Брида удивилась угольку и деревянной ложке, наставница объяснила, что в те времена, когда ведьм преследовали и сжигали на кострах, им поневоле приходилось пользоваться для волшбы вещами, которые можно было бы легко выдать за предметы повседневного обихода. Этот обычай прошел через века, а те материалы, которые применяли Древние, оказались утраченными.

Брида научилась воскурять ладан и очерчивать кинжалом магические круги. Был еще один ритуал, который полагалось совершать всякий раз, когда Луна меняла фазу: надо, учила Уикка, подойти к окну с чашкой, доверху наполненной водой, и дождаться, когда на поверхности отразится луна. Потом наклониться над чашей, чтобы в ней появилось отражение и твоего лица, причем луна должна прийтись ровно посередине лба. Потом, предельно сконцентрировавшись, ткнуть в воду кинжалом, разъединив отражения. Потом немедленно выпить эту воду — и тогда сила луны начнет расти в тебе.

— Все это совершенно бессмысленно, — сказала Брида.

Уикка не придала ее словам особого значения: в свое время она и сама считала так. Но снова напомнила своей ученице слова Иисуса о том, как нечто прорастает в человеке незаметно для него.

— Неважно, есть здесь смысл или нет, — добавила она. — Вспомни про Ночную Тьму. Но чем чаще ты будешь делать это, тем прочнее станет твоя связь с Древними. Пусть поначалу ты не поймешь этого — слышать их будет лишь твоя душа. В один прекрасный день голоса вновь пробудятся.

Но Брида не хотела лишь пробуждать голоса — она стремилась познать Иную Часть. Но с Уиккой она это обсуждать не собиралась.

А та строго запретила ей возвращаться мыслями в прошлое, сказав, что это бывает необходимо лишь в редчайших случаях.

— И не пользуйся картами для того, чтобы провидеть будущее. Карты служат лишь для бессловесного роста — для того, который не постигается разумом, не осмысляется логикой.

Брида обязана была трижды в неделю раскидывать карты Таро и вглядываться в них. Видения возникали не всегда, а если и появлялись, были по большей части недоступны пониманию. Когда она посетовала на это Уикке, та отвечала, что смысл таких картин столь потаенно глубок, что она и сама не в силах расшифровать его.

— А почему я не могу прочесть свою судьбу?

— Лишь настоящее имеет власть над нашими жизнями. Когда ты пытаешься по картам разгадать судьбу, то приводишь будущее в настоящее. И подвергаешь себя серьезной опасности, ибо оно способно спутать будущее.

Раз в неделю они отправлялись в лес, и там Уикка открывала Бриде тайны растений. Для нее все в этом мире — а они особенно — несло на себе письмена Бога. Иные листья по форме напоминали сердце и могли исцелять сердечные болезни. Иные цветы были подобны глазам — и улучшали зрение. Брида постепенно убеждалась, что многие растения в самом деле нео-быкновенно похожи на органы человеческого тела, а в толстой книге о народной медицине и лекарственных травах — Лоренс раздобыл этот том в университетской библиотеке — нашла подтверждения тому, что крестья-не и колдуны были правы.

— Господь свою аптеку держит в лесах, — сказала Уикка однажды, когда они отдыхали под деревом. — Для того, чтобы все люди были здоровы.

$\mathcal{B}$рида знала, что у ее наставницы есть и другие ученики, но никогда не встречала их у нее дома — в урочный час пес неизменно поднимал лай, давая понять, что пора уходить. Тем не менее на лестнице она однажды столкнулась с дамой средних лет, в другой раз — с девушкой своего примерно возраста, а потом — с каким-то мужчиной в деловом костюме. Брида слушала их шаги и по скрипу рассохшихся от старости деревянных ступеней безошибочно определила направление — эти люди шли в квартиру Уикки.

И однажды, собравшись с духом, спросила о них.

— Сила ведовства — это коллективная сила, — отвечала Уикка. — Различные Дары поддерживают энергию, не дают ей иссякнуть. Один зависит от другого.

И объяснила, что существует девять видов Дара и что как Традиция Солнца, так и Традиция Луны озаботились тем, чтобы они прошли через столетия.

— Какие же это Дары?

Уикка в ответ упрекнула ее в лени: она, мол, желает получить ответы на все вопросы сразу, тогда как настоящую ведьму влекут все виды духовного поиска, сколько ни есть их на свете. И велела почитать Священное Писание («там сокрыта истинная мудрость») и узнать о Дарах из первого Послания апостола Павла к коринфянам. И Брида открыла девять Даров — слова мудрости, слова познания, веры, исцеления, чудотворства, пророчества, языков, разговора с духами, способности к толкованию.

И поняла тогда, какой же Дар она ищет. Это Дар разговора с духами.

икка научила Бриду тан-
цевать. Она говорила: надо, чтобы тело двигалось в
такт и в лад шуму жизни — тем едва заметным коле-
баниям воздуха, чуть ощутимой вибрации, что есть
всегда. Никакого особого умения не требуется — делай любые движения, какие в голову придут. Тем не
менее Бриде пришлось потрудиться, прежде чем она
смогла привыкнуть к этим движениям, лишенным
логики.

— Фолькский Маг объяснил тебе, что такое Ночная
Тьма. В соответствии с обеими Традициями, которые
на самом деле суть одно и то же, Ночная Тьма — это
единственный способ расти. Когда ты вступаешь на
путь магии, а вернее — погружаешься в нее, самое
главное, самое важное — ввериться ей безраздельно,
предаться безусловно. Мы повстречаем на этом пути

такое, чего никогда не сумеем понять, — говорила ей Уикка. — И ни в чем не найдем той логики, к которой привыкли. Постигать суть вещей и явлений придется не разумом, а сердцем, и это может внушать страх. И в течение долгого времени путешествие будет казаться погружением в Ночную Тьму. Но всякий поиск — это прежде всего усилие веры.

Но Бог, постичь которого еще трудней, чем Ночную Тьму, оценит это, — продолжала она. — И, взяв за руку, проведет нас через Тайну.

Ни злости, ни горечи, ни досады не чувствовалось в словах Уикки, когда та говорила о Маге. И Брида по глазам Уикки поняла, что ошибалась: было видно — нет, этих двоих никогда не связывала любовь. Скорей всего, то давнее раздражение возникло всего лишь из-за того, сколь различными путями шли они. Ведьмы и маги — честолюбивы и тщеславны: каждый хочет доказать другому, что его поиск — верней.

Внезапно она осознала, о чем думает.

Да, Уикка не была влюблена в Мага: это читалось у нее в глазах.

Брида видела фильмы, читала книги, где рассказывалось об этом. Все умели по глазам распознавать обуявшую человека страсть.

«Я начинаю понимать простые вещи лишь после того, как заморочу себе голову сложными», — подумала она. Быть может, настанет день, когда она сможет следовать Традиции Солнца.

Осень уже перевалила за середину, и холод становился нестерпимым, когда позвонила Уикка и сказала:

— Мы встретимся в лесу. Через двое суток, в день новолуния, перед тем как стемнеет, — и положила трубку.

И эти двое суток Брида раздумывала над тем, что принесет ей эта встреча. Выполняла ставшие уже привычными ритуалы, танцевала под звуки, исторгаемые миром, каждый раз при этом думая: «Я предпочла бы музыку». Впрочем, она почти приноровилась двигаться в такт этой странной вибрации, которая отчетливей ощущалась ночью или в безмолвии пустых церквей. Уикка давно еще сказала, что от танцев под музыку мира душа лучше приноравливается к телу и напряжение ослабевает. И впрямь — Брида стала замечать, что люди ходят по улицам, не зная, куда девать руки, не шевеля ни плечами, ни бедрами. Ей хотелось научить всех встречных слышать эту почти беззвучную мелодию: если бы они потанцевали под нее хоть несколько минут в день, дав своему телу волю и избавив от логики, они, без сомнения, чувствовали бы себя лучше.

Но танец этот входил в ритуалы Традиции Луны, и знали об этом лишь колдуньи. Но наверняка и в Традиции Солнца было нечто подобное. В ней всегда отыскивалось нечто подобное, хотя никому почему-то не хотелось обучаться ей.

— Нам больше не ужиться с тайнами мира, — говорила она Лоренсу. — А все они сейчас — перед нами. Я хочу стать ведьмой, чтобы раскрыть их.

$\mathcal{B}$ назначенный день Брида направилась в лес. Она шла по тропинке, петлявшей меж деревьев, и ощущала магическое присутствие духов природы. Шестьсот лет назад этот лес был святилищем жрецов-друидов, но пришел день, когда святой Патрик извел в Ирландии змей, и друиды исчезли. Однако из поколения в поколение передавалось уважительно-боязливое отношение жителей соседней деревни к этому месту.

На опушке она встретила Уикку, облаченную в мантию. Рядом стояли еще четыре женщины, одетые обычно. Посреди прогалины — там, где раньше она видела пепел и золу, — сейчас горел костер. И Брида глядела на огонь в страхе, безотчетном и необъяснимом: то ли давала себя знать частица Лони, которую она носила в себе, то ли в других своих воплощениях она несколько раз испытывала на себе смертоносную силу огня.

Появились и другие женщины. Одни казались ее сверстницами, другие выглядели старше Уикки. Всего их было девять.

— Мужчин сегодня я не звала... Давайте дождемся пришествия царства Луны.

Царство Луны — это ночь.

Они сидели вокруг костра, говорили о самом что ни на есть обыденном, так что у Бриды создалось впечатление, будто ее пригласили в гости — разве что обстановка не вполне вязалась с беседами за чашечкой чая.

Но когда небо покрылось звездной россыпью, атмосфера изменилась. Уикке не потребовалось давать никаких указаний — светский разговор увял сам собой, и Брида спросила себя: «Может быть, все они только сейчас заметили, что перед ними — костер, а вокруг — лес?»

Некоторое время все молчали, а потом заговорила Уикка:

— Ежегодно в эту ночь ведьмы со всего мира собираются вместе, чтобы совершить молитву и почтить память своих предшественниц. Так предписывает Традиция: раз в год, в десятое новолуние мы должны собраться вокруг костра, который был жизнью и смертью для наших преследуемых сестер.

Она достала из-под своей мантии деревянную ложку: — Вот символ! — и показала ее всем присутствующим.

Женщины поднялись, взялись за руки, подняли их к небу и стали слушать молитву Уикки:

— Пусть снизойдет на нас сегодня ночью благословение Девы Марии и сына ее Иисуса. В нашем теле дремлет Иная Часть наших предков, да благословит Пречистая Дева и их тоже.

Пусть благословит нас Пречистая Дева, потому что мы — женщины и живем сегодня в мире, где мужчины с каждым днем все больше любят нас и понимают. Но все же на телах наших мы носим отметины прошлых жизней, и отметины эти все еще болят.

Пусть избавит нас Пречистая Дева от них, да угасит Она вечно тлеющее в наших душах чувство вины. Мы ощущаем ее, когда выходим из дому, ибо оставляем наших детей, чтобы заработать им на пропитание. Мы ощущаем ее, когда остаемся дома, ибо нам кажется, что не в полной мере пользуемся свободой, которую мир предоставляет нам. Мы ощущаем ее за все, хотя ни в чем не можем быть виноваты, ибо всегда были отстранены от власти и, значит, от принятия решений.

Пусть не забудет Пречистая Дева, что когда мужчины убежали от Иисуса и отреклись от Него и от Его веры, мы, женщины, оставались рядом с Ним. И это мы плакали, когда Он нес свой крест, это мы были у Его ног в час смерти, и это мы обнаружили, что гробница Его пуста. И нам не в чем винить себя.

Пусть напоминает нам Пречистая Дева, как нас гнали и преследовали за то, что мы исповедовали религию Любви. Покуда люди пытались силою греха воспрепятствовать ходу времени, мы собирались на свои запрещенные празднества и радовались тому, что еще оставалось в мире прекрасного. И за это нас судили и приговаривали к сожжению на костре.

Пусть напоминает нам Пречистая Дева о наших предшественницах, которым — как святой Жанне д'Арк — приходилось, чтобы нести Слово Божье, переодеваться в мужское платье. И все равно они погибали в огне костров.

Уикка взяла деревянную ложку обеими руками и вытянула их перед собой.

— Вот символ мученичества наших предшественниц. Пусть пламя, пожравшее их тела, вечно пылает в наших душах. Потому что они пребывают в нас. Потому что мы — это и есть они.

И швырнула ложку в огонь.

$\mathcal{B}$рида по-прежнему неукоснительно исполняла все ритуалы, которым научила ее Уикка. Держала на алтаре зажженную свечу, танцевала в такт и в лад звукам, исторгаемым миром. Отмечала в «Книге теней» дни встреч с ведьмами, дважды в неделю посещала священную рощу. Заметила, к собственному своему удивлению, что стала понемногу разбираться в травах и растениях.

Но голоса, которые так хотела пробудить Уикка, не звучали.

И светящуюся точку ей увидеть не удавалось.

«Как знать, может быть, я еще не познала Иной Части себя», — не без страха думала Брида. Да, такова была участь всех, кто овладел Традицией Луны — никогда не обманываться насчет мужчины своей жизни. Это означало, что, едва успев превратиться в настоящую колдунью, она навсегда — не в пример всем прочим, обычным людям, — отрешится от иллюзий любви. Это означало, конечно, что она будет страдать меньше — а может быть, и вообще не будет, ибо ей будет дарована возможность любить все на свете напряженней и жарче других, а Иная Часть — это божественное предназначение каждого. Традиции учат: даже если когда-нибудь придется расстаться с Иной Частью, любовь к ней увенчает любящего славой, дарует ему понимание и наполнит душу очищающей, возвышенной и светлой тоской.

Но означало это также и другое: с того мгновения, когда она заметит светящуюся точку, ей никогда уже не знавать тех прелестей и услад, которые встречаются в Ночной Тьме Любви. Брида вспоминала, как часто приходилось ей мучиться от страсти, не спать ночей в напрасном ожидании телефонного звонка. Вспоминала о романтических уик-эндах, сменявшихся всего лишь началом новой недели и не выдерживавших гнета будней; о том, как на вечеринках томилась и вертела головой, бросая ищущие взгляды. О радости победы, одержанной просто так — в доказательство того, что это возможно. О печали одиночества, проникнутой тягостной убежденностью, что чужой жених — вот единственный человек на свете, способный сделать ее счастливой. Все это было частью ее мира — и мира всех, кого она знала. Это было любовью, и именно так люди от начала времен искали Иную Часть себя — глядели в глаза, надеясь разглядеть в них блеск желания. Она же никогда не придавала этому никакого значения — напротив, считала, что бессмысленно страдать из-за кого-нибудь, бессмысленно умирать от страха, что никогда не встретишь человека, с которым будешь делить жизнь. И теперь, когда она вдруг освободилась от этого страха, уверенности не прибавилось.

«А я и в самом деле хочу увидеть светящуюся точку?»

Ей вспомнился Маг — теперь она стала считать, что он был прав, когда сказал, что только благодаря Традиции Солнца можно справиться с Любовью. Но изменить свое решение она сейчас не могла: если уж вступила на этот путь, его следует пройти до конца. Брида знала: если отступится сейчас — ей будет с каждым разом все трудней делать какой бы то ни было выбор.

Однажды после долгой лекции, посвященной тем ритуалам, которые совершали некогда колдуньи и ведьмы, чтобы вызвать дождь, — Брида должна была все записывать в свою «Книгу теней», хоть и знала, что ей никогда в жизни это не пригодится, — Уикка осведомилась, все ли имеющиеся у нее платья она носит.

— Разумеется, нет, — ответила Брида.

— Ну так вот, со следующей недели ты должна будешь надевать все, что висит у тебя в шкафу.

Девушке показалось, что она ослышалась.

— Все, что содержит хоть частицу нашей энергии, не должно пребывать в неподвижности. Платья, которые ты себе покупаешь, составляют часть тебя и каждое знаменует свой, особый случай. Одно было куплено, когда ты вышла из дому, желая преподнести самой себе подарок, ибо мир в тот день радовал тебя. Другое — когда кто-то тебя обидел или огорчил и тебе

139

нужно компенсировать это. Третье — когда ты сочла, что необходимо переменить свою жизнь.

Платья всегда преобразуют эмоцию в вещество — в материю, прости за каламбур. Это один из тех мостов меж видимым и незримым, о которых я тебе говорила. Знаешь ли ты, что есть и такая одежда, что может даже навредить тебе, навлечь на тебя беду, ибо сшита была для другого человека, а попала в конце концов к тебе.

Брида понимала, о чем говорит ее наставница. Были у нее вещи, которые она не могла носить: всякий раз, как она надевала, случалась какая-нибудь пакость.

— Избавься от одежды, сшитой не для тебя, — настойчиво говорила Уикка. — А всю остальную — носи! Необходимо, чтобы земля была взрыта, чтобы волна пенилась, чтобы эмоция не пропадала втуне. Движется все Мироздание, так что и нам нельзя застывать на одном месте.

Вернувшись домой, Брида вывернула на кровать все содержимое платяного шкафа. Потом внимательно осмотрела весь свой гардероб и обнаружила, что о существовании многих вещей она вообще забыла, а кое-какие юбки и блузки, напомнившие ей счастливые минуты прошлого, безнадежно вышли из моды. Брида хранила их из суеверия, как фетиш или талисман: ей казалось, расстанешься с ними, выбросишь — вместе с ними исчезнет и все хорошее, что было в твоей жизни в те дни, когда ты их носила.

Она глядела на те вещи, которые, как думалось ей, обладали «дурной энергией». Она всегда надеялась, что вот в один прекрасный день энергия эта иссякнет, испускаемые одеждой колебания — она ощущала их! —

затихнут и, значит, можно будет снова надеть вещи и носить. Но каждый раз, когда она решала провести «испытание», начинались неприятности.

Да, она и раньше замечала, что ее отношения с вещами не так просты, как кажутся. И все же трудно допустить и поверить, что Уикка в самом деле собиралась вторгнуться в такую сугубо личную, пожалуй, даже интимную сферу, как ее манера одеваться. Какие-то вещи приберегались для особых случаев, и когда именно надевать их, решать ей, Бриде, и больше никому. А другие не годились для того, чтобы ходить в них на работу или ездить на уик-энды. С какой стати Уикке вмешиваться в это? Брида никогда не оспаривала ее указания — безропотно делала все, что та велела: танцевала, зажигала свечи, тыкала острием кинжала в поверхность воды и училась такому, что никогда в жизни не понадобится. Все это она соглашалась принять — это было частью Традиции, которую она не понимала, но которая, быть может, обращалась к неведомой стороне ее бытия. Но теперь Уикка, распоряжаясь, что ей носить, а что — нет, покушалась уже на нечто большее — на ее образ жизни, на манеру жить в этом мире.

Быть может, она нарушила границы своего могущества? Быть может, она пытается вторгнуться туда, куда вторгаться не имеет права?

«То, что снаружи, изменить труднее, нежели то, что внутри».

Кто это сказал? Брида в испуге оглянулась по сторонам, даже не успев подумать, что делает: она ведь была совершенно уверена, что никого не увидит.

Это раздался наконец Голос.

Тот самый, который Уикка так хотела пробудить.

Брида сумела совладать и со страхом, и с возбуждением. Притихла, ожидая услышать еще что-нибудь, но не услышала ничего, кроме доносившегося из окна гула автомобилей, работавшего где-то вдали телевизора и вездесущих звуков, исторгаемых миром. Она попробовала сесть так, как сидела, и думать о том же, о чем думала в тот миг, когда раздался Голос. Все произошло так стремительно, что она не успела даже испугаться по-настоящему — ни испугаться, ни удивиться, ни почувствовать прилив гордости.

Но ведь Голос ей не почудился — он и вправду произнес что-то. Пусть хоть все люди, сколько ни есть их на свете, доказывают ей, что это была всего лишь игра воображения, пусть опять начнется охота на ведьм и Бриду поставят перед судом инквизиции и отправят на костер из-за этого, но она была совершенно и непреложно убеждена, что слышала чей-то голос — не свой собственный.

«То, что снаружи, изменить труднее, нежели то, что внутри». Может быть, он произносил слова более значительные и впечатляющие, но ведь Брида впервые в этом своем воплощении услышала его. Неожиданно она почувствовала, как радость буквально захлестывает ее. Захотелось немедленно позвонить Лоренсу, кинуться к Магу, рассказать Уикке, что ее Дар наконец-то проявился и она теперь причастна к Традиции Луны. Брида расхаживала по комнате, выкурила несколько сигарет и лишь через полчаса смогла успокоиться, снова сесть на кровать, где по-прежнему лежала груда вытащенной из шкафа одежды.

Голос сказал правду. Брида вверила посторонней женщине свою душу и, каким бы абсурдом это ни казалось, — с несравненно большей легкостью, нежели свою манеру одеваться.

Лишь теперь она стала сознавать, что все эти упражнения-ритуалы, казавшиеся ей столь бессмысленными, преобразили ее жизнь. Лишь теперь, переменившись внешне, она смогла понять, как сильно переменилась она внутри.

При новой встрече с Бридой Уикка захотела узнать о Голосе все. Брида записала мельчайшие подробности в «Книгу теней», и наставница осталась довольна.

— Чей это голос? — спросила ее Брида.

Но у той были дела поважней, чем отвечать на вечные вопросы своей подопечной.

— До сих пор я показывала тебе, как вернуться на тот путь, который прошла твоя душа в ходе нескольких перевоплощений. Я пробудила это познание, напрямую беседуя с ней — с твоей душой — на символическом и ритуальном языке наших предков. Ты жаловалась и противилась, однако твоя душа была довольна, ибо вновь исполняла свое предназначение. Покуда ты досадовала на упражнения, покуда изнуряла себе танцами, помирала с тоски во время ритуалов, скрытая, потаенная часть твоего существа снова припала к источнику мудрости Времени, вспомнила то, что знавала когда-то. Семя проросло незаметно для тебя. Теперь настало время познать иное, новое. Оно зовется словом Посвящение, и с него возьмет свое истинное начало то, что ты должна будешь изучить в этой жизни. Голос, услышанный тобой, возвестил о твоей готовности к этому.

Она продолжала:

— В Традиции колдуний Посвящение всегда происходит дважды в год, в дни равноденствия, когда длительность дня и ночи совершенно одинакова. Скоро, 21 марта, будет весеннее равноденствие. Я бы хотела, чтобы твое Посвящение произошло именно тогда, потому что и я начала в день весеннего равноденствия. Ты уже научилась пользоваться нашими орудиями, ты знаешь ритуалы, нужные для того, чтобы дорога через мост от видимого к незримому всегда была открыта. Твоя душа по-прежнему припоминает уроки, полученные ею в прежних жизнях, — это происходит всякий раз, как ты постигаешь суть уже известного тебе ритуала.

Когда тебе прозвучал Голос, ты перенесла в видимый мир то, что уже происходило в мире незримом. Иначе говоря, ты поняла, что твоя душа готова сделать следующий шаг. И первая великая цель достигнута.

Брида вспомнила, что раньше ей тоже хотелось увидеть светящуюся точку. Но с тех пор как она принялась размышлять над поисками любви, прежние мечты день ото дня теряли свое прежнее значение.

— Осталось пройти только одно, последнее испытание — и можно будет начать твое Посвящение. Если не получится сейчас — не огорчайся: впереди еще много весенних равноденствий, и в один из таких дней твое Посвящение состоится. До сих пор активней было твое мужское начало — познание. Ты знаешь, ты наделена способностью постигать, но до сих пор еще нетронутой оставалась великая женская сила преображения. А познание без преображения — это не мудрость.

Эта сила всегда была Про́клятым Могуществом всех, кто колдует и ворожит, а женщин — в особенности. Все, кто ходит по этой планете, знают эту неодолимую силу. Все знают, что это мы, женщины, главные хранительницы ее тайн. Из-за нее мы обречены были блуждать в опасном, во враждебном мире, ибо есть на земле места, где эта пробужденная нами сила вызывала страх, отвращение, ненависть. Тот, кто — пусть даже неосознанно и нечувствительно — прикоснется к ней, уже не отрешится от нее до конца своих дней. Он может стать ее господином или невольником, может превратить в некие сверхъестественные, магические способности, а может пользоваться ею, ни разу на протяжении всей своей жизни так и не осознав, каким неимоверным могуществом наделен. Сила эта — во всем, что окружает нас, и пребывает как в видимом мире людей, так и в незримом мистическом мире. Ее можно растаптывать и терзать, можно унижать, можно утаивать, можно даже отрекаться от нее и отрицать само ее существование. Она может десятилетиями дремать в каком-нибудь забытом уголке, род человеческий вправе обращаться с нею, как ему вздумается, — невозможно только одно: с того мига, когда познаешь эту силу, уже никогда, до гробовой доски не сумеешь позабыть ее.

— Что же это за сила?

— К чему без конца задавать дурацкие вопросы?! — сказала Уикка. — Я ведь знаю, что ты знаешь, что это за сила.

Брида и вправду знала.

Это — секс.

Уикка отдернула белоснежную штору: за окном открылись река, старинные здания, высившиеся на горизонте горы. Где-то там, в отроге одной из них жил Маг.

— Что это такое? — спросила Уикка, указывая на купол собора.

— Крест, — ответила Брида. — Символ христианства.

— А вот римлянин никогда бы не вошел в дом, отмеченный знаком креста: решил бы, что это — застенок или узилище, ибо на фасаде изображено одно из самых жутких орудий пытки, какие только изобрел человек.

Крест остался таким же, каким был, но изменил свое значение. И точно так же произошло с сексом: когда люди были близки к Богу, секс был символом слияния с божественной сущностью. Новой встречей со смыслом бытия...

— Почему же люди, ищущие Бога, как правило, чуждаются секса?

Уикка, явно раздосадованная тем, что ее перебивают, все же снизошла до ответа:

— Говоря о силе, я подразумеваю не только половой акт. Есть люди, которые применяют эту силу, не используя ее. Все зависит от того, какой путь избран.

— Я знаю, что это за сила, — сказала Брида. — И знаю, как использовать ее.

Уикка поняла, что все надо начинать сначала.

— Быть может, ты умеешь вести себя в постели. Но не думай, будто знаешь, что такое сила секса. Перед ней абсолютно беззащитны и мужчины и женщины, ибо в этой сфере наслаждение и страх имеют одинаковое значение.

— Почему же наслаждение и страх ходят рядом?

Ну, наконец-то эта девушка задала вопрос, заслуживающий ответа.

— Потому что всякий, кто занимался сексом, знает: он имеет дело с чем-то таким, что проявляется в полной мере, лишь когда утрачена власть над собой. В объятиях любовника мы даем ему причаститься не только нашему телу, но и всей нашей личности. Когда вступают во взаимодействие силы жизни, которые независимы от нас, очищены от всего наносного, — исчезает наша способность скрывать, кто мы такие. И становится не важно, кем и какими мы сами себя рисуем в воображении. Не важно умение притворяться, давать готовые ответы, находить достойные выходы из затруднительных положений. Секс — вещь безобманная, потому что в нем каждый предстает таким, каков есть.

Уикка говорила с убежденностью человека, в совершенстве познавшего особенности этой силы. Глаза ее сверкали, голос звенел от гордости. Быть может, эта сила и позволила ей так долго сохранять привлекательность. «Хорошо быть ее ученицей, — думала Брида, — когда-нибудь мне откроется тайна ее очарования».

— Для того, чтобы твое Посвящение совершилось, ты должна встретиться с этой силой. Прочее, то есть секс ведьм и колдуний, относится уже к Великим Тайнам, и ты познаешь все это после церемонии.

— Ну и как же мне встретиться с этой силой?

— Способ очень прост, но как всегда это бывает, простота обманчива, и результатов достичь гораздо сложнее, чем во всех тех замысловатых ритуалах, которым я тебя обучала.

Уикка подошла к Бриде вплотную, взяла за плечи, заглянула в глаза:

— А способ этот таков: постоянно старайся использовать все пять чувств. Если все они одновременно подойдут к моменту оргазма, знай — ты готова к Посвящению.

— $\mathcal{Я}$ пришла попросить прощения, — сказала девушка.

Они стояли там же, где и в прошлый раз: у скалистого уступа справа от горы, откуда открывалась во всю ширь бескрайняя равнина.

— Иногда я думаю одно, а делаю совершенно другое, — продолжала Брида. — Но если тебе когда-нибудь приходилось любить, ты должен знать, как дорого обходятся нам любовные терзания.

— Да, я знаю, — отвечал Маг, впервые за все время их знакомства чуть-чуть приоткрыв завесу над своей личной жизнью.

— И насчет светящейся точки ты оказался прав. И я обнаружила, что поиски иной раз радуют не меньше, чем находка.

— Если только удается преодолеть страх.

— Да, это так.

И Брида обрадовалась, что даже Маг во всеоружии своей мудрости продолжает иногда испытывать страх.

Весь остаток дня они шли по заснеженному лесу. Разговаривали о деревьях и травах, о том, на что похожи здешние места, и о том, как здешние пауки причудливо ткут свои сети. Через какое-то время им повстречался пастух, гнавший в деревню своих овец.

— Здравствуй, Сантьяго! — сказал ему Маг.

Потом обернулся к Бриде и сказал:

— Бог отдает особое предпочтение пастухам. Ибо эти люди молчаливы, терпеливы, близки к природе. То есть обладают всеми добродетелями, которые нужны, чтобы причащаться Вселенной.

До сих пор они не затрагивали эти темы, а Брида, не желая опережать события, ждала благоприятного момента. Разговор вновь пошел о ее жизни, о том, что происходит в мире. Руководствуясь каким-то шестым чувством, она избегала упоминаний о Лоренсе — она не знала, что происходит, не понимала, почему Маг уделяет ей столько внимания, но ощущала настоятельную потребность поддерживать этот огонь. «Проклятое Могущество», — сказала, помнится, Уикка. Брида видела перед собой цель, а Маг был единственным, кто в силах был помочь достичь ее.

Они прошли мимо небольшой отары овец, оставлявших на снегу причудливую цепочку следов. Пастуха не было, но овцы, казалось, сами знали, куда идут и что желают найти. Маг остановился и очень долго разглядывал их с таким видом, словно разгадывал великую тайну Традиции Солнца, недоступную пониманию Бриды.

По мере того как мерк дневной свет, ослабевало и то чувство боязливого уважения, которое неизменно охватывало ее в присутствии Мага — сегодня ей впервые было с ним спокойно и как-то надежно. Оттого, быть может, что не было больше нужды демонстрировать свои Дары: ведь она уже слышала Голос, и совсем скоро сама войдет, как равная, в круг этих людей — это всего лишь вопрос времени. И она тоже ходит теперь по пути тайн, а с того мгновения, как раздался Голос, этот человек рядом с ней стал частью ее Вселенной.

Бриде хотелось взять его за руки, попросить, чтобы он рассказал хоть немножко о том, что такое Традиция Солнца — точно так же, как просила она Лоренса рассказать про звезды, вспыхнувшие миллионы лет назад. Ибо так она могла сказать и показать, что они с Магом видят одно и то же — только под разными углами.

И что-то подсказывало ей, что и Магу нужно это, и «что-то» звучало не в таинственном Голосе, а в сбивчивом, беспокойном, иногда неразумном голосе ее сердца. Она не привыкла вслушиваться в него особенно внимательно, поскольку он неизменно вел ее по путям, непостижимым для нее.

Тем не менее к чувствам следовало прислушаться, пусть они и подобны сорвавшимся с узды коням. Брида дала им волю — пусть мчатся, куда хотят, пока не выбьются из сил. И чувства рассказывали ей, как хорош был бы сегодняшний день, если бы она влюбилась в Мага. Ибо влюбленный способен постичь все что угодно и познать такое, о чем не осмеливался и думать: любовь — это ключ к пониманию всех тайн.

Многообразные сцены любви представлялись ее воображению, пока она вновь не овладела собой и своими чувствами. И после этого она сказала себе, что такой человек вообще, наверно, не способен любить, потому что ему внятен смысл Мироздания, а человеческие чувства из такой дальней дали едва различимы.

Они подошли к развалившейся церкви. Маг уселся на один из многочисленных каменных обломков, валявшихся тут и там. Брида смахнула снег с подоконника.

— Хорошо, наверно, жить здесь, дни проводить в лесу, а ночевать в натопленном доме, — сказала она.

— Хорошо, — согласился он. — Я различаю птичьи голоса, я умею читать Божьи знаки, я изучил Традицию Солнца и Традицию Луны.

«Но при этом остаюсь в одиночестве, — хотелось добавить ему. — И что толку в познании Вселенной, если ты один?!»

Перед ним, прислонившись к карнизу стрельчатого окна, стояла его Иная Часть. Он видел светящуюся точку над ее левым плечом и сожалел, что изучил Традиции. Потому что иначе не имел бы представления об этой самой точке и не знал бы, что полюбил Бриду.

«Она умна. Она заранее почувствовала опасность и сейчас знать ничего не желает о светящихся точках».

— Я услышала свой Дар. Уикка — замечательная наставница.

Впервые за сегодняшний день она заговорила о магии.

— Этот Голос откроет тебе тайны мира, тайны, которые погружены во время, застыли в нем и передаются из поколения в поколение ведьмами.

Он говорил бездумно, не вслушиваясь в то, что произносит. Потому что одновременно пытался припомнить, когда впервые повстречал свою Иную Часть. Одинокие люди утрачивают чувство времени, для них часы тянутся долго, а дни — просто нескончаемы. И все же он знал, что дважды виделся с этой женщиной. Брида оказалось очень способной ученицей.

— Я уже овладела всеми ритуалами, а когда придет ночь равноденствия, меня посвятят в Великие Тайны.

Ее недавнее спокойствие исчезло: она вновь была напряжена.

— Но есть такое, чего я до сих пор не познала. Это — Сила, которая всем известна и всеми почитаема.

Маг понял, зачем она сегодня пришла к нему. Нет, не только для того, чтобы идти с ним меж деревьев, оставляя следы на снегу — следы, которые с каждым шагом были все ближе к его следам.

Брида подняла воротник, спрятала в нем подбородок и щеки, сама не зная, потому ли, что теперь, когда она остановилась, холод начал пробирать до костей — или же для того, чтобы скрыть свое волнение.

— Я хочу научиться пробуждать силу, скрытую в сексе. Силу, действующую разом на все пять чувств, — выговорила она наконец. — Уикка сказала всего лишь, что мне откроется это в свое время — точно так же, как вдруг прозвучал Голос.

Несколько минут они молчали. Брида думала, надо ли было затрагивать эту тему здесь — в церкви, пусть и лежащей в руинах. Но потом ее осенило: есть разные способы обрести эту силу. Монахи, в незапамятные времена применяли для этого воздержание — и они, без сомнения, поняли бы, какую мысль она пытается выразить.

— Я испробую все способы. Предчувствую, что есть какой-то трюк, вроде того, какой Уикка применила с картами Таро. Но этот она мне показывать не хочет. Мне кажется, самой ей далось это очень непросто, и она хочет, чтобы и я прошла через те же трудности...

— Так ты для этого разыскала меня? — перебил ее Маг.

Брида заглянула в самую глубину его глаз:

— Да.

Брида ожидала, что ее ответ убедит его. Но с той минуты, как она отыскала Мага в лесу, уверенность ее стала исчезать. Дорога по лесу, искрящийся под солнцем снег, беспечная и доверительная беседа — всего этого хватило, чтобы чувства рванулись вскачь. Ей приходилось твердить самой себе, что сюда она пришла всего лишь в поисках цели, которую обязана достичь любой ценой. Потому что Бог, прежде чем стать мужчиной, был женщиной.

Маг поднялся с груды обломков, подошел к единственной уцелевшей стене. Остановился у двери, привалился к косяку плечом. Вечерний свет бил ему в спину, и Брида не видела его лица.

— Есть нечто такое, чему Уикка тебя не научила, — сказал он. — Может быть, упустила из виду. Может быть, хотела, чтобы ты дошла до этого своим умом.

— Вот потому я здесь. Я дошла до этого своим умом и своими ногами.

И, проговорив это, спросила себя: а не состоял ли замысел ее Наставницы в том, чтобы она встретила этого человека?

— Я тебя научу, — наконец после долгого молчания сказал он. — Идем.

$\mathcal{O}$ни дошли до того места, где росли особенно толстые и высокие деревья. Брида заметила — кое-где вдоль стволов уходили вверх веревочные лестницы, а где-то в гуще листвы прятались шалашики.

«Должно быть, здесь живут отшельники, исповедующие Традицию Солнца», — подумала она.

Маг тщательно осмотрел все эти шалаши, выбрал один и попросил Бриду подняться.

Она принялась карабкаться вверх. На середине ей вдруг стало страшно: отсюда сорвешься — костей не соберешь. Но все же, преодолев себя, продолжила подъем: как-никак это — священное место и находится под защитой лесных духов. Правда, Маг не испросил у них разрешения, но, быть может, Традиция Солнца и не предписывает это?

Когда они добрались почти до самой верхушки, Брида глубоко вздохнула — удалось преодолеть еще один из ее страхов.

— Отличное место, чтобы указать тебе путь, — сказал Маг. — Здесь устраивают засаду.

— Засаду? — переспросила она в недоумении.

— Ну да. Эти шалашики построили охотники, чтобы подкарауливать дичь. Они потому и подняты так высоко, чтобы звери с земли не учуяли человека. Целый год охотники носят сюда еду, прикармливают зверей, а потом, в один прекрасный день — убивают.

Брида заметила внизу несколько стреляных гильз.

— Погляди вниз, — сказал Маг.

Двое с трудом помещались на таком тесном пространстве, и тела их невольно соприкасались. Брида приподнялась и взглянула вниз: вероятно, они взобрались на самое высокое дерево, потому что отсюда можно было видеть и вершины других деревьев, и равнину, и — где-то на горизонте — покрытые снегом вершины гор. В самом деле, прекрасное место, только напрасно Маг сказал, что оно служит для засады, лучше бы этого не знать.

Маг убрал брезентовый верх, и Бриду ослепил яркий солнечный свет, хлынувший сквозь ветви. Было холодно, и казалось, что они находятся в каком-то магическом месте, на самой верхушке мира. Снова ее чувства ринулись было вскачь, но она удержала их — надо было сохранять полное самообладание.

— Чтобы объяснить тебе то, что ты хотела знать, вовсе не обязательно было приводить тебя сюда, — сказал Маг. — Но я хотел, чтобы ты поближе познакомилась с этим лесом. Зимой, когда охотников нет, я люблю взбираться сюда и созерцать Землю.

Да, ему все же хотелось разделить с нею свой мир. Кровь в жилах Бриды заструилась быстрее. Она пребывала в полном ладу с собой, безоглядно вверяла всю себя на волю одного из тех мгновений, единственная альтернатива которым — потеря самообладания.

— Человек, что бы он ни делал, воспринимает мир своими пятью чувствами. А погрузиться в мир магии — значит открыть чувства, неведомые прежде, и секс подталкивает нас к вратам, ведущим к иным из них.

Маг, внезапно изменив тон, заговорил, как учитель на уроке биологии. «Ну, может быть, так и надо», — не очень убежденно подумала Брида.

— Не важно, ищешь ли ты в сексе мудрости или наслаждения: этот опыт все равно будет всеобъемлющим. Потому что это — единственный род деятельности, где одновременно работают — или должны работать — все пять чувств. Включены все каналы связи с ближним. В момент оргазма пять чувств исчезают, а человек оказывается в мире магии: он не видит, не слышит, перестает различать запахи и вкус, лишается возможности осязать. На сколько-то очень долгих мгновений все исчезает, сменяясь экстазом. Точно таким же, какого мистики достигают долгими годами послушания и отказа от всего земного.

Брида хотела спросить, почему же они не искали экстаз через оргазм, но вспомнила о потомках ангелов.

— Человека толкают к этому экстазу его пять чувств. И чем больше они были простимулированы —

тем сильней этот напор. И тем глубже будет экстаз. Понимаешь?

«Ну, разумеется. Что тут не понять?» — подумала Брида и кивнула. Но этот вопрос словно отдалил от нее Мага, а ей хотелось ощущать его рядом, как в те минуты, когда они брели по лесу.

— Вот и все.

— Да это я все знаю, но все равно не могу... — Она запнулась, потому что не хотела упоминать Лоренса, предчувствуя, что в этом таится опасность. — А ты сказал, что существует способ достичь этого экстаза.

Она нервничала, чувствуя, что теряет власть над эмоциями, готовыми пуститься вскачь.

Маг снова оглядел лес. «А может быть, и он тоже обуздывает свои чувства?» — спросила себя Брида. Но она не хотела и не должна была верить тому, о чем подумала.

Ибо знала, что такое Традиция Солнца. Знала, что Наставники обучают ей через пространство, через время. Она думала об этом прежде, чем пришла в этот лес. Она представляла себе, что они с Магом могли бы оказаться вместе, рядом — вот как сейчас, когда вокруг нет никого. Да, таковы были Наставники Традиции Солнца — они всегда обучают действием, деянием, поступком, не уступая первенства теории. Она думала обо всем этом еще до того, как отправиться сюда. Но решилась и пришла, потому что сейчас ее путь был важнее всего остального. Она должна была продолжать традицию многих своих жизней.

Однако он вел себя как Уикка, которая ограничивалась одними словами.

— Научи меня, — сказала Брида.

А глаза Мага были устремлены на голые, заснеженные ветви деревьев внизу. В эти мгновения он мог бы позабыть, что он — Наставник, и быть только Магом, таким же мужчиной, как все остальные. Он знал, что его Иная Часть находится перед ним. Он мог бы сказать о том сиянии, которое различал, она бы поверила, и новая встреча состоялась бы. Даже если Брида убежала бы в слезах и в смятении, то потом непременно вернулась бы, ибо он говорил правду — и ей он нужен так же, как она нужна ему. В этом и состоит высшая мудрость, заключенная в природе Иных Частей: они всегда узнают друг друга.

И все же он был наставником. И однажды в испанской деревушке дал священный обет. В числе прочего он поклялся, что Наставник никогда никого не поставит перед выбором. Однажды он уже преступил клятву, совершил ошибку и из-за этого на протяжении стольких лет был изгнан из мира. Сейчас все было иначе, но он тем не менее не хотел рисковать. «Ради нее я готов отречься от Магии», — иногда думал он, но тотчас же сознавал всю нелепость этой мысли. Не этого отречения требует Любовь. Если она истинна, то позволяет каждому следовать его собственным путем, ибо знает: ничто никогда не разведет Иные Части в разные стороны.

Он должен набраться терпения. Должен по-прежнему смотреть на пастухов и знать, что рано или поздно Иные Части будут вместе. Таков Закон. И в это он верил всю свою жизнь.

— То, о чем ты просишь, очень просто, — наконец нарушил он молчание. Маг вновь овладел собой; порядок возобладал.

— Сделай так, чтобы в тот миг, когда ты прикоснешься к другому, все твои пять чувств проснулись. Ибо секс живет собственной жизнью. И, чуть только начавшись, тотчас станет неподвластен тебе, а ты, напротив, окажешься под его властью. И все, что ты принесла с собой к этому мгновению, навсегда пребудет с тобой — все твои страхи, твои желания, твоя уязвимость. Чтобы избежать порожденного ими бессилия, бери с собой только любовь и пять чувств, пробужденных в полной мере. Лишь так ты сумеешь испытать, что́ есть причастие с Богом.

Брида разглядывала валявшиеся на земле гильзы и ничем не выдавала своих чувств. В конце концов она ведь уже знала трюк и уловку. «И это, — сказала она самой себе, — единственное, что ее интересовало».

— Вот и все, чему я могу тебя научить.

Брида не шевелилась. Безмолвие укротило сорвавшихся с узды коней.

— Семь раз глубоко вздохни и медленно выдохни, постарайся обострить все пять чувств еще до того, как произойдет физический контакт. И, как говорится, дай времени время.

Он был Наставником Традиции Солнца. И сейчас прошел очередное испытание. Благодаря Иной Части, и он тоже выучился многому.

«Что ж, я показал ей, как выглядит все это сверху. Теперь мы можем спускаться».

О на рассеянно смотрела, как на площади играют дети. Кто-то давно уже сказал ей, что в каждом городе обязательно найдется «магическое пространство» — место, куда мы привыкли приходить, когда надо всерьез поразмыслить о жизни. В Дублине таким местом была эта площадь. Неподалеку отсюда Брида снимала свое первое жилье, когда, преисполненная надежд и мечтаний, приехала в большой город. В ту пору ее жизненные планы сводились к тому, чтобы поступить в Тринити-Колледж, а потом преподавать литературу. Много времени тогда она проводила на той самой скамейке, где сидит сейчас — сочиняла стихи, пытаясь подражать своим кумирам.

Но денег, которые присылал отец, вечно не хватало, и пришлось поступить на службу в некую фирму, занимавшуюся экспортом. Брида не сетовала на судьбу: ей нравилось то, чем она стала заниматься, и работа с некоторых пор сделалась чуть ли не самым главным в ее жизни — именно она наполняла реальным содержанием все и помогала сохранять рассудок, создавая ощущение неустойчивого равновесия между миром видимым и миром незримым.

...Дети продолжали играть. А ведь все они — так же, как и она когда-то, — слушали сказки о ведьмах и феях, и в сказках этих злые колдуньи в черных одеяниях угощали заблудившихся в лесу бедных девочек отравленными яблоками. И никто из детишек на площади и представить себе не мог, что в двух шагах от них, наблюдая за их играми, сидит самая что ни на есть всамделишная ведьма.

В тот день Уикка просила ее проделать некое упражнение, не имевшее ничего общего с Традицией Луны — достичь результата сможет любой. Ей же это было нужно, чтобы усилием воли поддерживать мост между видимым и незримым.

Следовало лечь, расслабиться и представить себе оживленную торговую улицу Дублина. Потом, предельно сосредоточившись, внимательно рассмотреть воображаемую витрину магазина, запоминая в мельчайших подробностях и товары, и цены, и оформление — словом, все, что на ней выставлено. Потом отправиться к реальной витрине и сравнить результаты.

И вот теперь она сидела и смотрела на играющих ребятишек. Она только что вернулась из магазина, убедившись, что действительность во всех деталях совпала с воображаемой картиной. Она спрашивала себя, вправду ли с этим упражнением смог бы справиться обычный человек или все же дали себя знать месяцы тренировки. И ответа не находила.

Но улица, которую она себе вообразила, находилась неподалеку от того места в городе, которое она считала «магическим». «Это не случайно», — подумала Брида. Душа у нее щемила оттого, что она не могла принять верное решение, а дело ведь шло о Любви. Она любит Лоренса, в этом нет сомнения. Когда в совершенстве овладеет Традицией Луны, наверняка сможет увидеть святящуюся точку у него над левым плечом. Настанет день, когда, выпив горячего шоколада в кондитерской неподалеку от башни, которую Джеймс Джойс прославил в своем «Улиссе», она заметит и блеск в глазах Лоренса.

Маг оказался прав. Традиция Луны — это путь, сужденный всем, и всякий, кто умеет молиться, терпеливо ждать и учиться, сможет когда-нибудь постичь ее сокровенный смысл. И чем глубже погружалась Брида в Традицию Луны, тем лучше она понимала Традицию Солнца, тем сильнее восхищалась ею.

Маг... Брида обнаружила, что ее мысли возвращаются к нему. Именно это и погнало ее к «магическому месту». Она часто думала о нем с того дня, как они сидели в охотничьем шалаше на вершине дерева. Ей и сейчас хотелось бы снова пойти к нему, рассказать об этом упражнении, обсудить его, хоть она и сознавала, что это всего лишь предлог: в глубине души теплилась надежда, что Маг опять позовет ее в лес. Она не сомневалась, что он встретит ее радушно, и почему-то начинала верить, что и Магу по какой-то таинственной причине — Брида не осмеливалась даже и думать, по какой именно, — ее общество доставляет удовольствие.

«Я всегда была склонна к фантазиям — безудержным и нелепым», — подумала она, стараясь выбросить Мага из головы. Но знала, что если это и удастся, то — ненадолго.

А она не хотела продолжения. Она была женщиной и потому могла безошибочно определить все приметы и признаки новой влюбленности. Ее следовало избежать во что бы то ни стало. Она любит Лоренса и ничего больше ей не надо. И перемен тоже. Ее мир и так уже изменился разительно.

Лоренс позвонил в субботу утром.

— Поедем за город, — предложил он. — Съездим на скалы.

Брида наскоро приготовила кое-какой еды в дорогу, и целый час они с Лоренсом тряслись в автобусе с неисправным отоплением. К полудню добрались до места.

Брида была взволнованна: еще на первом курсе университета она много читала о поэте, который жил здесь в прошлом веке. Это был таинственный человек, великий знаток и ревнитель Традиции Луны, член тайных обществ, оставивший в своих стихах зашифрованное послание от тех, кто ищет духовный путь. Его звали Уильям Батлер Йейтс. Ей припомнились его строки, написанные, казалось, про это вот холодное утро, про чаек, кружащих над баркасами, которые стоят на якорях в маленькой гавани.

Я грезы бросил под ноги тебе;
Легко ступай: ведь под ногами — грезы[1].

Они вошли в единственный бар, заказали виски, чтобы согреться, а потом отправились в скалы. Узкая заасфальтированная улица вскоре пошла вверх, и через полчаса они оказались в том месте, которое здешние обитатели называли «фалезия» — крутые скалистые отроги, почти отвесно уходящие в море. Узкая тропинка вилась вокруг этих уступов, и Брида с Лоренсом неторопливым шагом обошли их все меньше чем за четыре часа. Теперь можно было дождаться автобуса и возвращаться в Дублин.

Брида была в восторге от этой экскурсии. Несмотря на то что в этом году судьба преподнесла ей много волнующих сюрпризов, зиму она все равно, как всегда, переносила с трудом. Жизнь сводилась к тому, что утром она бежала на службу, во второй половине дня — в университет, а в субботу или воскресенье ходила в кино. Как и прежде, она с неукоснительной пунктуальностью исполняла все предписанные Уиккой ритуалы, продолжала танцевать под «музыку мира». Оттого еще сильней тянуло ее как-то нарушить этот устоявшийся распорядок, выбраться из дому на природу — пусть хоть ненадолго.

Было пасмурно, по хмурому небу ползли низкие тяжелые тучи, но энергичная ходьба вкупе с порцией ви-

---

[1] Перевод с английского Анны Блейз.

ски помогли не замерзнуть. Тропинка была так узка, что рядом идти было невозможно, и потому Лоренс шел впереди, а Брида — в нескольких шагах от него. Разговаривать было неудобно, но все же время от времени они перекидывались несколькими словами, как бы давая понять друг другу: «Я — здесь, я с тобой, мы вместе — часть природы, окружающей нас».

И Брида с детским восторгом рассматривала пейзаж, открывавшийся с высоты. Он, наверно, был таким же и тысячи лет назад, когда еще в помине не было ни городов, ни портов, ни поэтов, ни девушек, пытающихся постичь Традицию Луны. И наверно, в те времена существовали только эти скалы, ревущее внизу море и реющие в низких тучах чайки. Когда Брида глядела вниз, у нее начиналось легкое головокружение. Море говорило ей такое, чего она не в силах была понять, чайки чертили в небесах знаки, смысл которых она не постигала. Но все равно — здесь, в этом первобытном мире, а не в прочитанных книгах, сколько бы ни было их, не в ритуалах, как бы рьяно они ни исполнялись, заключена мудрость Мироздания. Чем больше они с Лоренсом удалялись от порта, тем меньшее значение обретало все прочее — ее мечты, ее повседневное бытие, ее поиски. Оставалось лишь то, что Уикка назвала однажды «росписью Господа Бога».

И Бриде ничего больше и не надо было в эти минуты высшей, изначальной простоты, рядом с чистыми силами природы, кроме ощущения того, что она — жива, что рядом с ней — тот, кого она любит.

Через два часа пути тропинка расширилась, и они решили присесть передохнуть. Ненадолго — холод не позволит рассиживаться и скоро заставит двигаться дальше. Но Брида хотела хотя бы несколько мгновений побыть рядом с Лоренсом, глядя на тучи, слушая шум прибоя.

Она ощущала солоноватый вкус на губах, вдыхала свежий морской воздух. Щеке, прижатой к груди Лоренса, было тепло. Это был миг наивысшей полноты бытия, наибольшего накала. Все пять чувств работали во всю мочь.

Да, пять чувств работали во всю мочь.

На какую-то долю секунды она вспомнила про Мага и тотчас же позабыла его. Теперь ее интересовали только эти пять чувств. Они должны были продолжить свою работу. Момент настал.

— Я хочу поговорить с тобой, Лоренс.

Лоренс что-то пробурчал в ответ, но сердце его замерло от страха. Глядя на тучи и отвесные скалы, он понял вдруг, что в жизни его нет ничего важней этой женщины. Что она — объяснение и единственная причина того, что существуют эти скалы, это небо, эта зима. Не будь ее рядом — самый Рай потерял бы всякое значение, даже если бы все ангелы спустились бы с небес утешать его.

— Хочу сказать тебе, что люблю тебя, — нежно продолжала Брида. — Потому что ты показал мне радость любви.

Она чувствовала себя завершенной и совершенной, и все, что было вокруг, проникало ей в душу. Лоренс слегка поглаживал ее по волосам. Брида вдруг уверилась в том, что если осмелится, если рискнет, сможет испытать нечто небывалое, никогда не испытанное прежде.

Она поцеловала его. Ощутила вкус его губ, прикосновение языка. Обрела возможность предугадывать каждое следующее движение и чувствовала, что с ним происходит то же самое — ибо Традиция Солнца проявляется всегда и во всех, кто глядит на мир так, словно видит его в первый раз.

— Хочу любить тебя здесь, Лоренс.

В течение какой-то доли секунды он подумал, что они расположились прямо на дороге... кто-нибудь может появиться здесь... кто-нибудь, у кого хватит безрассудства совершать в разгар зимы подобные прогулки. Но тот, кто способен на это, способен и понять, что есть силы, которые, раз приведя их в движение, уже нельзя остановить.

Он запустил руки под ее свитер, ощутил под пальцами ее груди. Брида чувствовала, как все силы этого мира проникают в нее через пять дарованных человеку органов чувств, проникают и преобразуются в энергию, завладевающую всем ее существом. Любовники простерлись на земле, и вокруг них были скалы, пропасть, море. Над ними была жизнь, воплощенная в кружащих чайках, — под ними, на острых камнях внизу была смерть. Они обнялись и отринули страх, потому что Бог оберегает невинных.

Кровь неслась по жилам с такой скоростью, что больше они не чувствовали холода, и Брида сорвала с себя одежду. И Лоренс сделал то же самое. Они не чувствовали и боли, хотя каменистая земля царапала им колени и спины, но боль была составной частью наслаждения и только усиливала его. Брида знала, что близится оргазм, но эта мысль оставалась где-то в отдалении, потому что сама она и Лоренс будто растворились в окружающем их мире — смешались с морем, камнями, с жизнью и смертью. И она старалась задержать это ощущение на возможно больший срок, одновременно сознавая какой-то частью своего существа — сознавая очень смутно, — что делает такое, чего никогда не делала прежде. И это было новой встречей со смыслом жизни, возвращением в райский сад, ибо наступило мгновение, когда Ева вернулась в Адама, и обе Части стали единым Творением.

И вот внезапно она перестала сознавать происходящее в мире вокруг нее, и все пять чувств, казалось, дошли до предела, за которым она больше не могла удерживать их — на это не было сил. И, словно настигнутая священным лучом, она дала им волю — и в тот же миг мир с его реющими в поднебесье чайками, солоноватой свежестью воздуха и жесткой землей, с запахом моря и плывущими тучами исчез, будто сгинул, а на его месте возникло исполинское золотистое свечение, которое разливалось все шире, все выше, пока наконец не дотянулось до самой дальней звезды галактики.

...Она медленно спускалась с вышины, замечая, как постепенно возвращаются на прежние места море и тучи. Но все, как и раньше, было погружено в глубочайший покой, осенено миром, царящим во Вселенной, которая, пусть всего и на несколько мгновений, стала ясна и объяснима, ибо Брида причастилась ей. И знала теперь, что, обнаружив еще один мост, связующий зримое и невидимое, уже никогда впредь не забудет эту дорогу.

$\mathcal{H}$аутро она позвонила Уикке, рассказала обо всем. Та надолго замолчала и наконец произнесла:

— Поздравляю. Ты сумела.

И объяснила, что сила, заключенная в сексе, отныне очень сильно переменит взгляд Бриды на мир и ее ощущения от него.

— Что ж, ты готова к Празднеству Равноденствия. Осталось выполнить только одно задание.

— Что именно? Ты ведь говорила, что теперь все завершено.

— То, что тебе осталось — очень несложно. Ты должна будешь вымечтать себе платье. Платье, которое наденешь в этот день.

— А если не смогу?

— Мечтай. Самое трудное ты уже совершила.

И тотчас, по своему обыкновению, заговорила о чем-то другом. Рассказала, что у нее — новая машина, сообщила, что собирается за покупками, и предложила отправиться вместе.

Бриде польстило это приглашение. Она отпросилась у начальства и ушла со службы пораньше. Уикка впервые за все время их знакомства сделала какой-то знак внимания, пусть это и было всего лишь приглашение на совместный шопинг. Брида не сомневалась, что все прочие ученики Уикки отдали бы все что угодно, чтобы оказаться на ее месте.

Как знать, а вдруг ей удастся показать, какое огромное место занимает Уикка в ее жизни и как бы она хотела подружиться с ней. Бриде трудно было разделить дружбу и духовный поиск — она чувствовала некоторую обиду, что Маг до сих пор не проявил ни малейшего интереса к ее жизни. И в разговорах с нею он никогда не выходил за строго очерченные пределы того, что было необходимо ей знать для полного постижения Традиции Луны.

В назначенный час Уикка ждала её в красном приземистом кабриолете MG. Машина, классический образец британского автомобилестроения, была в идеальном состоянии, снаружи блестела хромированными частями, внутри тускло мерцала полированным деревом приборной панели. Брида не решалась даже представить себе, сколько может стоить такая игрушка. Сама мысль о том, что колдунья обзавелась столь дорогим автомобилем, внушала лёгкий страх. Прежде чем взяться за Традицию Луны, в детстве она только и слышала, что ведьмы ради денег и могущества заключают сделку с дьяволом.

— Не холодно ли будет с откинутым верхом? — спросила она, усаживаясь.

— Не могу ждать лета, — отвечала Уикка. — Просто сил нет. До смерти хочется прокатиться так.

Ну что же... По крайней мере, в этом она ведет себя как нормальная женщина.

Вызывая удивленные взгляды людей постарше, под восхищенный свист и шуточки парней они двинулись по улицам.

— Я довольна, что тебя тревожит, сможешь ли ты вымечтать себе платье, — вдруг сказала Уикка.

А Брида уже успела позабыть о телефонном разговоре.

— Никогда не переставай сомневаться. Если сомнения вдруг оставили тебя, знай — ты остановилась на полпути. И тогда придет Бог и все отменит, ибо именно так Он управляет своими избранниками: заставляет их одолевать предназначенный им путь. Он заставляет нас идти, когда мы останавливаемся по той или иной причине — по лени ли, оттого ли, что нам захотелось покоя и уюта, или потому, что возникло ложное ощущение, будто все необходимое мы уже узнали.

— Но при этом, — продолжала Уикка, — всегда будь настороже: не давай своим сомнениям парализовать тебя. Принимай все решения, какие сочтешь нужным принять, даже если не вполне уверена, не на сто процентов убеждена, что рассудила верно. Не совершит ошибочных шагов тот, кто, делая выбор в пользу того или иного решения, всегда будет держать в голове старинную немецкую поговорку, благодаря Традиции Луны дожившую до наших дней. Если не позабудешь ее, всегда сможешь превратить ошибочное решение в правильное. А поговорка такая: «Дьявол — в деталях».

Уикка внезапно притормозила у автомастерской.

— По поводу этой поговорки есть предубеждение, — сказала она. — Дьявол является, лишь когда мы нуждаемся в нем. Я только что купила машину, а дьявол — в деталях.

Она выпрыгнула из машины, завидев приближающегося механика.

— Леди, у вас, я вижу, крышу снесло?

Уикка, пропустив мимо ушей эту реплику, попросила его провести полный осмотр. А сама тем временем повела Бриду выпить горячего шоколада в кондитерскую, находившуюся на другой стороне улицы.

— Обрати-ка внимание на этого механика, — сказала Уикка.

Они сидели у окна, и Брида увидела, что механик открыл капот автомобиля и стоит перед ним совершенно неподвижно.

— Видишь, он ни к чему даже не прикасается. Только смотрит. Он так давно занимается своим делом, что знает — автомобиль будет говорить с ним на своем собственном языке. И сейчас он использует не разум, а чувство.

В этот миг механик, словно что-то уловив в шуме двигателя, шевельнулся и стал копаться в нем.

— Видишь, он определил, в чем неисправность, — сказала Уикка. — Он не тратил времени даром, потому что канал связи между ним и машиной отлажен безупречно. И так же поступают все мастера своего дела, которых я знаю.

«И те, которых я знаю, — тоже», — подумала Брида. Она, впрочем, считала раньше: это оттого, что они просто не знают, с чего начать. И не давала себе труда заметить, что механики безошибочно находят барахлящий узел, а не тычутся наугад.

— Почему же эти люди, чья жизнь обогащена мудростью Солнца, никогда даже не пытаются постичь основополагающие проблемы Мироздания? Почему предпочитают ремонтировать машины или подавать кофе в барах?

— С чего ты взяла, что мы со всеми нашими путями и преданностью понимаем Мироздание лучше, чем другие?

У меня много учеников. И все они — в точности такие же, как обыкновенные люди: плачут в кино, сходят с ума от беспокойства, если дети задерживаются где-нибудь. Да, у них все как у других, хоть они знают, что смерти не существует. Волшба и колдовство — это всего лишь способ приблизиться к Высшей Мудрости, но приобщиться к ней можно и через любое дело, которое человек делает с любовью в сердце. Колдуны способны говорить с Душой Мира, способны различить светящуюся точку на левом плече нашей Иной Части, вглядываться в бесконечность через безмолвие горящей свечи. Но мы не разбираемся в устройстве автомобилей. И как механики нуждаются в нас, так и мы нуждаемся в механиках. Их мост в незримое пролегает через двигатель машины, наш — через Традицию Луны. Но суть незримого остается той же самой.

Делай свое дело и не беспокойся о других. Верь, что Бог говорит с ними, и что они не меньше твоего озабочены поисками смысла жизни.

— Теперь все в порядке, — сказал механик, когда Брида и Уикка вышли из кондитерской. — Вовремя вы ко мне обратились, избежали большой неприятности: вот видите, еще немного — и этот шланг совсем перетерся бы.

Уикка посетовала, что ремонт обошелся так дорого, и поблагодарила за то, что вспомнила старую пословицу.

$\mathcal{O}$ни делали покупки на одной из центральных улиц Дублина — как раз на той, которую Брида воображала себе, делая упражнение. Стоило лишь заговорить о чем-то существенном и значительном, как Уикка уходила от ответа или отделывалась недомолвками. Зато очень оживленно принималась обсуждать всякие житейские банальности — цены, фасоны или то, что продавщица явно не в духе. В этот день она истратила кучу денег, и все купленные ею вещи доказывали, что у нее — изысканно тонкий вкус.

Брида знала, что спрашивать, откуда у человека деньги, не полагается. Однако неуемное любопытство едва не пересилило элементарные правила хорошего тона.

День был окончен в лучшем японском ресторане, где они заказали сашими.

— Бог да благословит нашу трапезу, — сказала Уикка. — Все мы — путешественники по неведомым морям, так пусть же Он сохранит в нас отвагу, нужную, чтобы принять эту тайну.

— Но ведь ты — Наставница Традиции Луны, — заметила Брида. — И ты знаешь ответы.

Уикка некоторое время невидящим взглядом рассматривала еду у себя на тарелке.

— Да, я умею странствовать между настоящим и минувшим, — сказала она после длительного молчания. — Я постигла мир духов и входила во взаимодействие с такими ошеломительными силами, что для описания их не хватит слов всех существующих на свете языков. Наверно, могу сказать, что обладаю безмолвным знанием того пути, которым прошел род человеческий от начала времен и до этой минуты.

И вот во всеоружии этой премудрости я, Наставница, заявляю, что мы никогда — ты слышишь? — никогда не постигнем окончательный смысл нашего бытия. Мы сможем ответить на вопросы: «как?», «когда?», «откуда?». Однако вопрос «зачем?» пребудет открыт во веки веков. И ответа на него не найдется. Замысел великого архитектора Вселенной ведом лишь Ему одному — и никому больше.

И сейчас, пока мы с тобой обедаем здесь, девяносто то девять процентов всех людей на земле задают себе этот вопрос — пусть каждый на свой лад. *Зачем* мы здесь? Многие надеются обрести ответ в своих религиях или, напротив, в своем материализме. Другие в отчаянии тратят свою жизнь и свои деньги — порою огромные, — тщетно пытаясь постичь его. Третьи — их, впрочем, немного — вообще оставляют вопрос без ответа, живут одним днем, не заботясь ни о результатах, ни о последствиях.

И лишь тем, кто наделен отвагой и при этом изучил Традицию Солнца и Традицию Луны, известен единственно возможный ответ: «НЕ ЗНАЮ».

И в первый момент это может внушить трепет и оставить нас без опоры и без защиты перед миром со всем, что есть в нем, и самым смыслом нашего бытия. Но потом, когда первоначальный страх пройдет, мы начнем постепенно приноравливаться к единственно возможному решению. А заключается оно в том, чтобы следовать своим мечтам. Только если набраться храбрости для того, чтобы совершить нечто, всегда желанное, можно доказать, что веришь в Бога и доверяешь Ему.

И в тот самый миг, когда мы принимаем это, жизнь обретает для нас священное значение, а мы испытываем чувство, схожее с тем, что познала Пречистая Дева в день, когда ее обычное существование было нарушено появлением незнакомца. «Да будет воля твоя», — сказала Дева, выслушав его. Ибо поняла, что когда человек приемлет Тайну, он возносится на небывалую и недостижимую высоту и обретает величие.

После долгого молчания Уикка вновь взялась за еду. Брида глядела на свою наставницу, гордясь тем, что сидит с ней рядом. Она уже позабыла, что хотела спросить — хоть никогда бы не решилась на это, — чем зарабатывает себе Уикка на жизнь, любит ли ее кто-нибудь, случалось ли ей ревновать. Теперь она думала о величии души тех, кто наделен истинной мудростью.

Кто целую жизнь искал ответ, которого не существует, а когда понял это, не стал изобретать лживых объяснений. Кто смирился и стал жить в недоступном его пониманию Мироздании. Однако эти мудрецы могли сделать это единственно возможным способом — следуя собственным желаниям и мечтам, ибо только так человек превращается в орудие Бога.

— Тогда какой же смысл искать? — спросила она.

— Мы не ищем. Мы приемлем, и тогда жизнь становится несравненно более насыщенной и яркой, потому что мы понимаем, что каждый наш шаг, в какую бы минуту жизни ни был он сделан, значит гораздо больше, нежели мы сами. Понимаем, что в любой точке времени и пространства на этот вопрос дается ответ. Понимаем, что существует причина, по которой мы находимся здесь, — и этого достаточно.

Исполненные верой, мы погружаемся в Ночную Тьму, мы исполняем свое предназначение или, как говорили в старину алхимики, — следуем Своей Стезей и предаемся безраздельно, всем своим существом каждому мгновению, помня, что есть некая Рука, которая ведет нас постоянно. И уж наше дело — принять ее или отвергнуть.

*В*ечером Брида долго слушала музыку, полностью вверив всю себя волшебному ощущению того, что она — живет. Вспоминала своих любимых поэтов. Фраза одного из них дала ей столько веры, сколько нужно было, чтобы пуститься на поиски мудрости. Он жил в Англии, много-много лет назад, и звался Уильямом Блейком. Фраза же эта звучала так:

«Где есть вопрос — там должен быть ответ».

Наступало время совершения ритуала. Брида села перед своим маленьким алтарем, чтобы несколько минут неотрывно смотреть на пламя свечи. И оно перенесло ее в тот день, когда они с Лоренсом занимались любовью на скалах. Чайки то взмывали высоко в поднебесье, то кружили над самой водой.

И рыбы, должно быть, дивились, как это возможно летать, потому что время от времени кто-то из этих загадочных существ то погружался в их мир, то выныривал из него.

А птицы, должно быть, недоумевали: как это возможно дышать под водой, ибо они-то охотились на тех, кто обитал на поверхности.

Есть птицы и есть рыбы. Они живут в разных мирах, и, хоть миры эти время от времени встречаются, один никогда не ответит на вопросы другого. А вопросы есть у обоих. И вопросы ждут ответов.

Брида не сводила глаз со свечи, и постепенно вокруг нее возникала магическая атмосфера. Так и должно было произойти, но сегодня насыщенность и напряжение были какие-то особенные.

Если она способна задать вопрос, то лишь потому, что в другой Вселенной уже существует ответ. И кому-то он станет известен, даже если ей никогда не найти его. И больше не нужно искать смысл жизни — достаточно лишь встретиться с Тем, кто знает. И потом засыпать у него на руках безмятежным сном младенца, пребывая в уверенности, что есть человек, который сильней тебя, и который оберегает тебя от всякого зла, от всякой опасности.

Завершив ритуал, Брида сотворила краткую молитву, поблагодарив за те шаги, что уже успела совершить. Она благодарила небеса за то, что первый человек, которого она спросила о магии, не стал пытаться объяснять ей устройство Мироздания, а напротив — заставил провести целую ночь во тьме леса.

Надо отправиться к нему, поблагодарить за все, чему она научилась.

Всякий раз, отыскивая этого человека, она чего-то искала, а когда обретала искомое, уходила прочь, иногда и не попрощавшись. Но ведь именно он, этот человек, привел ее к тем вратам, в которые ей предстоит войти в день равноденствия. Так что следует, по крайней мере, сказать ему «спасибо».

Нет, она не боялась, что влюбится в него. В глазах Лоренса она уже прочла многое из того, что прежде было скрыто в ее душе.

И если насчет мечты о платье еще могли быть сомнения, то уж в том, что касалось ее любви, все было предельно ясно.

— Спасибо, что принял мое приглашение, — сказала она, когда они расположились за столиком единственного в городке бара — того самого, где она впервые заметила странный блеск в глазах Мага.

Маг ничего не ответил. Он принял к сведению, что ее энергия разительно изменилась — судя по всему, Бриде удалось разбудить в себе Силу.

— В тот день, когда ты оставил меня в лесу одну, я пообещала самой себе вернуться, чтобы поблагодарить или проклясть тебя. Пообещала вернуться, когда узнаю свой путь. А ведь я пока не исполнила ни одно из тех обещаний, которые давала: я по-прежнему нуждаюсь в помощи, и ты помогаешь мне.

Быть может, это выглядит самонадеянно, но я хочу, чтобы ты знал, что был орудием, которое держала Божья Рука. И хочу, чтобы сегодня ты был моим гостем.

Брида собиралась заказать, как всегда, две порции виски, однако Маг поднялся, подошел к стойке и вернулся к столу, неся бутылку вина, бутылку минеральной воды и два стакана.

— В Древней Персии, — сказал он, — когда двое встречались, чтобы выпить вместе, они выбирали Царя Вечера. Обычно им становился приглашающий.

Маг не знал, достаточно ли твердо звучит его голос. Он был человеком влюбчивым и страстным, а от Бриды исходила теперь совсем иная энергия.

Он поставил перед нею обе бутылки.

— Ему полагалось задавать тон застолью. Если в первый стакан он наливал воды больше, чем вина, это означало, что предстоит важный разговор. Если поровну, то беседа пойдет и о серьезном, и о забавном. И наконец, если он наполнял стакан вином доверху и добавлял в него несколько капель воды, то вечер должен быть посвящен приятному и необременительному досугу.

Брида наполнила стаканы до краев и уронила лишь по капле воды в каждый.

— Я пришла, чтобы поблагодарить тебя, — повторила она. — Поблагодарить за то, что ты научил меня: жизнь — это деяние веры. И тому, что я достойна этого поиска. Это очень помогало мне на пути, который я избрала.

Оба выпили одновременно и залпом. Маг — потому что был напряжен. Брида — потому что была умиротворена.

— Значит, приятный и необременительный досуг?

Маг ответил, что она — хозяйка сегодняшнего вечера, и это ей решать, о чем пойдет речь.

— Мне хочется узнать хоть немного о твоей личной жизни. Вот, к примеру, был ли у тебя когда-нибудь роман с Уиккой, пусть хоть мимолетный.

Он кивнул. Брида почувствовала необъяснимый укол ревности, хоть и сама не смогла бы сказать, к нему она ревнует или к ней.

— Однако мы никогда не собирались быть вместе, — продолжал Маг. — Мы оба знали Традицию. И каждый из нас понимал, что встретился не с Иной Частью себя.

«Лучше бы мне не знать о светящейся точке», — сознавая, что назад не повернешь, подумала Брида. Любовь двух колдунов имеет свои особенности.

Она выпила еще немного. До желанной цели остается всего ничего — скоро придет день весеннего равноденствия, сегодня можно немного расслабиться. Она давно уже не позволяла себе выпить лишнего. Но теперь оставался лишь такой пустяк — вообразить платье для своего Посвящения.

Они продолжали пить и разговаривать. Бриде хотелось вернуться к тому, что занимало ее больше всего, но сначала нужно было, чтобы Маг почувствовал себя более непринужденно. Она по-прежнему наливала до краев, и первую бутылку допили, обсуждая, как трудно жить в такой вот маленькой деревушке. Здешние люди уверены, что Маг знается с нечистой силой.

Брида была довольна и даже выросла в собственных глазах — ее собеседнику было здесь, наверно, очень одиноко и не с кем даже словом перемолвиться: едва ли кто-нибудь из местных говорил ему что-либо, кроме: «Здравствуйте. Как поживаете?» Откупорили вторую бутылку, и Брида удивилась, увидев, что и Маг, проводящий в лесу целые дни ради того, чтобы приобщиться к Богу, может, как самый обычный человек, пить и пьянеть.

Когда стала понемногу пустеть и эта бутылка, Брида уже позабыла, что явилась сюда лишь затем, чтобы поблагодарить того, кто сейчас сидел напротив. Теперь она сознавала, что в ее отношениях с ним всегда и неизменно сквозил скрытый вызов. Ей бы не хотелось видеть в нем такого, как все, но она неуклонно шла к этому, хоть и чувствовала, чем это может быть чревато. Милее был образ мудреца, который увел ее в шалашик на вершине самого высокого дерева и часами смотрел, как заходит солнце.

Она заговорила об Уикке, чтобы увидеть, как он будет реагировать на это. Рассказала, какая это замечательная Наставница: она научила ее всему, что требовалось знать к этому времени, и при этом — так тонко, что Бриде казалось, будто она всегда это знала.

— Так оно и есть, — ответил Маг. — Ты и вправду знала. Это — Традиция Солнца.

«Я была уверена — он не согласится считать Уикку хорошей наставницей», — подумала Брида. Она выпила еще и продолжала расточать ей похвалы. Но Маг больше никак не отзывался.

— Расскажи мне про ваш роман, — сказала она с явным намерением спровоцировать его. На самом деле ей не хотелось это знать, более того — она предпочла бы не знать. Но иного способа получить от Мага хоть какой-нибудь отклик не было.

— Мы были молоды тогда. И принадлежали к поколению, не признававшему запретов и не ведавшему границ, слушавшему «Битлз» и «Роллинг стоунз».

Брида удивилась, услышав это. И вино, вместо того чтобы раскрепостить, вдруг возымело обратный эффект и вселило какое-то напряжение. Ей так хотелось задать ему эти вопросы, но сейчас она чувствовала, что ответы огорчают ее.

— В ту пору мы и встретились, — продолжал он, не замечая, какое неожиданное действие производят его слова. — Каждый из них нащупывал свой путь, и вот оба они пересеклись, когда мы пришли учиться к одному и тому же Наставнику. Мы вместе познали Традицию Солнца и Традицию Луны, и потом каждый из нас в свою очередь сам сделался Наставником.

Брида решила гнуть свою линию. После двух бутылок вина и незнакомые люди превращаются в друзей детства. И прибывает отваги.

— Почему же вы расстались?

Теперь пришел черед Мага заказать еще бутылку. Напряжение, в котором пребывала Брида, только усилилось. Меньше всего на свете ей хотелось бы сейчас услышать, что Маг по-прежнему любит Уикку.

— Почему? Потому что и она и я узнали об Иной Части.

— А если бы не услышали о светящихся точках на левом плече, о блеске глаз, то до сих пор были бы вместе?

— Не знаю. Могу лишь сказать, что ни к чему хорошему это бы не привело. Ни для нее, ни для меня. Мы начинаем постигать жизнь и Мироздание, когда встречаем Иную Часть себя.

191

Брида какое-то время не знала, что ответить. Затянувшееся молчание нарушил Маг.

— Пойдем на воздух, — сказал он, едва попробовав содержимое третьей бутылки. — Нужно проветриться и освежиться.

«Он напился, — подумала она. — И ему страшно». Она могла гордиться собой: оказалась куда более стойкой, чем он, и нисколько не опасалась, что потеряет над собой контроль. И сегодня вечером была намерена развлекаться.

— Посидим еще немножко. Я ведь — Царица Вечера.

Маг выпил еще один стакан. Но знал, что вот-вот превысит свою норму.

— Ты ничего не спрашиваешь обо мне, — не без вызова сказала Брида. — Разве тебе совсем не интересно? Или благодаря своему могуществу ты и так все про меня знаешь? Видишь насквозь?

На долю секунды она спохватилась, что зашла слишком далеко, но не придала этому особенного значения. И лишь сумела заметить, что глаза Мага обрели какой-то совсем иной блеск. Что-то вдруг словно бы приоткрылось в Бриде — а верней, возникло ощущение, что рухнула некая стена, исчезла преграда, и с этой минуты все разрешено и позволено. Она вспомнила, как в последний раз они были рядом — рядом, но не вместе, как мечтала она оказаться к нему ближе, и как холоден он был. Теперь стало понятно, что сегодняшний приход объяснялся вовсе не желанием поблагодарить Мага. Нет, ею двигала месть. Брида хотела сказать ему, что открыла Силу с другим мужчиной — с тем, кого любит.

«Но почему же мне хочется отомстить ему? Что в нем вызывает у меня такую ярость?» — спрашивала она себя, но от выпитого в голове стоял туман, и ясного ответа не находилось.

А Маг смотрел на девушку, сидевшую напротив, и желание явить ей свою Власть то накатывало на него, то вдруг уходило. Много лет назад из-за такого вот дня переменилась — и очень круто — вся его жизнь. Да, это была эпоха «Битлз» и «Роллинг стоунз». Но были люди, которые искали неведомые силы, не веря в них, применяли магические чары, потому что считали их могущественней собственных дарований, и были твердо убеждены, что смогут выйти из Традиции в ту самую минуту, когда поймут, что она им наскучила. И он тогда был одним из таких людей. Он вошел в сакральный мир через Традицию Луны, изучив ритуалы и пройдя по мосту меж видимым и незримым.

Поначалу он справлялся с этими силами без чьей-либо помощи, если не считать книг. Потом нашел своего Наставника. При первой же встрече тот посоветовал изучать Традицию Солнца, однако Маг не пожелал. Традиция Луны была ярче, предусматривала старинные ритуалы и обещала одарить мудростью времени. И Маг изучал ее, говоря, что, быть может, именно этим путем придет он к Традиции Солнца.

В ту пору он был полностью уверен в себе и ни минуты не сомневался, что вся его жизнь будет одной непрерывной цепью побед, свершений и завоеваний. Он уже добился блистательных успехов в сфере профессиональной деятельности и рассчитывал, что Традиция Луны поможет в достижении новых вершин. Но для обладания этим правом надо было, во-первых, сделаться Наставником. А во-вторых, никогда не преступать тот единственный запрет, который обязаны были блюсти Наставники Традиции Луны, — никогда не воздействовать на чужую волю. Можно, используя свои магические познания, прокладывать себе дорогу в этом мире, но нельзя убирать других со своего пути и нельзя заставлять их следовать по нему. Таково было единственное ограничение, единственное дерево, чей плод он отведать не имел права.

И все шло хорошо до тех пор, пока он не влюбился в одну из учениц своего Наставника, а она — в него. Оба знали Традицию и потому понимали: они не созданы друг для друга, он — не ее мужчина, она — не его женщина. Тем не менее они сошлись, возложив на самое жизнь ответственность разлучить их, когда придет час. И вместо того чтобы ослабить их тягу и порыв, это заставило их обоих проживать каждое мгновение так насыщенно, словно оно было последним, и любовь их достигла накала того, что, зная свою обреченность, становится вечным.

И это продолжалось, пока она не повстречала другого. Этот человек не знал Традиций, и у него на плече не было светящейся точки, и глаза не блестели, выдавая в нем Иную Часть своей избранницы. Она, однако, потеряла голову от страсти, потому что любовь глуха к резонам и доводам. И вышел срок ее жизни с Магом.

Они спорили, они ссорились, Маг просил и умолял, подвергал себя всем унижениям, на какие только идут охваченные страстью. Он познал то, чего никогда не ожидал от любви — научился ждать, бояться, принимать. «Ведь ты же сама сказала, что у него нет светящейся точки на плече», — пытался убедить он ее. Но та не придавала этому никакого значения, ибо прежде чем встретить свою Иную Часть, желала получше узнать мир и мужчин.

А Маг меж тем установил временной порог своему страданию и решил, что, когда достигнет его, позабудет эту женщину. И предел наступил в один прекрасный день и по причине, которую он сейчас уже не помнил, однако вместо того, чтобы выбросить возлюбленную из головы, Маг убедился в правоте своего Наставника, говорившего, что чувства — неистовы и дики и для обуздания их нужна мудрость. Его страсть пересилила годы, потраченные на учения Традиции Луны, перевесила все выученные им способы владеть собой, превозмогла строжайшую дисциплину, которой он сковал себя ради того, чтобы прийти туда, куда пришел. Страсть оказалась слепой силой и шептала ему на ухо только одно: «Ты не можешь потерять эту женщину».

Но и поделать с нею он тоже ничего не мог — она, как и он, была Наставницей и, пройдя через многие перевоплощения, из которых одни венчали ее славой и признанием, а другие отмечали огнем и страданием, в совершенстве владела своим ремеслом. И защищаться умела.

В этой жестокой схватке за ее страсть принимал участие и тот третий. Человек, попавший в таинственный капкан судьбы, запутавшийся в сетях паутины, непостижной разуму магов и ведьм. Обыкновенный человек, быть может, влюбленный в избранницу Мага не менее страстно и столь же неистово желавший сделать ее счастливой, дать ей все лучшее, что было в нем. Обыкновенный человек, внезапно брошенный непредсказуемой волей Провидения в самое средоточие яростной борьбы между мужчиной и женщиной, владевших Традицией Луны.

И однажды ночью, не в силах больше выносить эту муку, Маг сорвал плод с запретного древа. Используя магическую силу и познания, которые даровала ему мудрость Времени, он убрал этого человека со своего пути.

Он и сейчас не знал, догадалась ли об этом его женщина: не исключено, что ей к тому времени уже прискучил ее новый возлюбленный и она не придала случившемуся особого значения. Однако его Наставник все понял. Его Наставник всегда все понимал, а Традиция Луны неумолима к тем Посвященным, кто вообще применял черную магию и особенно в той сфере, которая особенно болезненна и значительна для рода человеческого — в любви.

И, представ перед своим Наставником, он понял, что священная клятва, принесенная им когда-то, не может быть нарушена. Понял, что силы, которые, как ему казалось, он сумел подчинить себе и укротить, поставив себе на службу, куда могущественней его. Понял, что стоит на пути, который выбрал сам, но что путь этот — особый и свернуть с него невозможно. Понял, что в этом земном воплощении судьба его предрешена и нет никакой возможности не принять свой удел.

Что ж, за ошибку следовало расплатиться. И расплатиться дорогой ценой: ему предстояло пить самый страшный из всех ядов — одиночество — до тех пор, пока Любовь не удостоверится, что он снова превратился в Наставника. И тогда та же самая Любовь, что так тяжко ранила его, дарует ему свободу и укажет наконец его Иную Часть.

«Ты ничего не спрашиваешь обо мне. Разве тебе совсем не интересно? Или благодаря своему могущество ты и так все про меня знаешь? Видишь насквозь?»

История его жизни пронеслась в голове за какую-то долю секунды — ровно столько понадобилось Магу, чтобы решить — пусть все идет своим чередом, как должно идти в Традиции Солнца, или заговорить о светящейся точке и вмешаться в предначертания судьбы?

Брида пока еще только хотела стать ведьмой. Он вспомнил шалаш на ветвях дерева, где был уже готов заговорить об этом, — и вот теперь прежнее искушение вернулось, ибо он опустил свой меч, позабыл, что дьявол — в деталях. Люди — хозяева своей судьбы. Они могут вновь и вновь совершать те же ошибки. Могут убежать от всего, что им желанно и что так великодушно и щедро преподносит им жизнь.

Или могут ввериться божественному Провидению, ухватиться за протянутую им руку Бога и бороться за исполнение своей мечты, допустив и поверив, что возникает она в нужный час.

— Пойдем отсюда сейчас же, — повторил Маг.

И Брида поняла, что он говорит серьезно.

Она настояла на том, что заплатит по счету сама — по праву Царицы Вечера. Оделись и вышли наружу, на холод, не такой уж, впрочем, лютый — до весны оставалось две-три недели.

Добрались до остановки. Автобус уже подъехал и должен был отправляться через несколько минут. Холод произвел неожиданное действие: раздражение Бриды остыло, сменилось каким-то смятением, природу которого она и сама не смогла бы объяснить. Ей не хотелось садиться в автобус: главная цель сегодняшнего вечера не достигнута, и перед тем как уехать, надо бы попытаться все исправить. Ведь она приехала сюда поблагодарить Мага, а повела себя как в прошлый раз, и в позапрошлый...

Сказала, что ей нехорошо, и не села в автобус.

Через пятнадцать минут подошел следующий.

— Не хочу сейчас ехать, — сказала она. — И не потому, что меня мутит от выпитого. Просто я все испортила. Не поблагодарила тебя как следует.

— Это последний рейс, — сказал Маг.

— Потом такси возьму. Плевать, что дорого.

Но когда уехал и этот автобус, Брида пожалела, что осталась. Она была в растерянности и сама не знала, чего на самом деле хочет. «Просто я напилась», — подумала она.

— Давай пройдемся немного. Мне надо протрезветь.

Улицы городка были пустынны, горели фонари, а в окнах не светилось ни единого огонька. «Это невозможно, — думала она. — Я видела блеск в глазах Лоренса и все-таки меня тянет к этому человеку. Я хочу остаться с ним здесь». Просто вульгарная, взбалмошная бабенка, недостойная всех премудростей и ритуалов волшбы. Ей было стыдно за себя: немного вина — и вот Лоренс, Иная Часть, и все, что она постигла в Традиции Луны, потеряло всякое значение. На минуту она задумалась о том, что, быть может, ошиблась, и блеск в глазах Лоренса означает вовсе не то, что говорит Традиция. Но тут же поняла, что занимается самообольщением, ибо блеск в глазах Иной Части ни с чем невозможно спутать.

Вот если бы она встретила, например, в театре группу людей и среди них в первый раз в жизни увидела Лоренса, то едва встретившись с ним глазами, мгновенно и со всей непреложностью поняла бы — вот он, мужчина ее жизни. И она сумела бы сблизиться с ним, и он не противился бы, и сделал бы движение навстречу, ибо Традиции не ошибаются никогда и Иные Части в конце концов непременно сходятся. Еще ничего не зная об этом, Брида была осведомлена о том, что есть любовь с первого взгляда — феномен, объяснению не поддающийся.

Безо всяких магических сил всякий способен распознать этот блеск. И Брида узнала его раньше, чем услышала о его существовании. Вот, например, она видела его в глазах Мага еще в тот вечер, когда они в первый раз зашли в этот бар.

Она внезапно остановилась.

«Я напилась, — мелькнуло в голове. — Все это следует забыть как можно скорее. Надо пересчитать деньги и сообразить, хватит ли на такси. Это — самое важное».

Но в глазах Мага был блеск. Блеск, по которому люди узнают Иную Часть себя.

— Какая ты бледная... — сказал он. — Должно быть, и впрямь перебрала лишнего.

— Пройдет, — ответила Брида. — Давай немного посидим, я приду в себя. И потом поеду домой.

Они присели на скамью, и Брида принялась рыться в сумочке, ища деньги. Она могла подняться, взять такси и навсегда уехать отсюда; она знала свою Наставницу и, стало быть, знала, куда и каким путем двигаться дальше. Знала она и Иную Часть себя; и если бы даже решилась встать с этой скамейки и уехать, то даже в этом случае продолжала бы исполнять предназначение, которое определил ей Бог.

Но ей был 21 год. И в этом возрасте она знала, что в одном и том же земном воплощении можно повстречать две Иные Части себя. И встреча эта предвещает только муку и страдание.

Как могла она убежать от этого?

— Я никуда не поеду, — сказала она. — Останусь здесь.

Глаза Мага заблестели сильней, и то, что было всего лишь надеждой, стало уверенностью.

Они пошли дальше. Маг видел, как аура Бриды несколько раз сменила цвет, и молился про себя, чтобы девушка не сбилась с пути. Он знал, что в эту минуту в душе его Иной Части грохочут громы, сверкают зарницы молний, все ходит ходуном, как при землетрясении, — но именно таково великое таинство преображения. Так преображается земля и звезды. И люди.

Они уже вышли из городка и двигались по направлению к горам, где всегда происходили их встречи, как вдруг Брида остановила своего спутника.

— Пойдем так, — сказала она, свернув на дорогу, ведущую к пшеничному полю.

Она и сама не сумела бы ответить, что побудило ее сделать это. Но чувствовала, что ей нужна сила природы, ее дружественных ду́хов, со времен Сотворения мира обитающих на этой планете всюду, где есть красота. Огромная полная луна сияла на небе, и легко было различить тропинку, пересекавшую поле.

Маг следовал за Бридой, не произнося ни слова. В глубине души он был благодарен Богу за то, что сумел поверить. И что не повторил — хоть был уже на грани — прежней ошибки, за минуту до этого получив то, о чем просил.

Теперь они шли по полю, превращенному лунным светом в серебрящееся море. Брида двигалась наугад, не имея ни малейшего представления о том, каков будет ее следующий шаг. Внутренний голос настойчиво твердил ей, что она может идти вперед и дальше, что она обладает той же силой, что и ее далекие предки, которые, незримо присутствуя здесь, следят за ее шагами и всею Мудростью Времени оберегают ее.

Посреди поля остановились. Вокруг высились горы, и на одной из них был скалистый отрог, с которого так хорошо было наблюдать, как садится солнце, и охотничий шалашик на верхушке дерева, и то место, где однажды ночью некая девочка познала тьму и ужас.

«Я предаюсь полностью, — подумала Брида, — предаюсь полностью и знаю, что меня защитят».

— Вот здесь, — произнесла она.

Она подобрала с земли крючковатую палку и, повторяя священные имена, которым научила ее Наставница, очертила обширное пространство вокруг себя. У нее не было ни ритуального кинжала, ни прочих священных предметов, зато были ее предки-предшественницы, вовремя шепнувшие ей, что когда-то, стремясь избежать костра инквизиции, они освящали любую кухонную утварь.

— Все в мире — священно, — сказала она. — И эта палка — тоже.

— Да, — отозвался Маг. — Все в этом мире священно. И даже самая ничтожная песчинка способна стать мостом в незримое.

— В этот миг мост в незримое — это Иная Часть меня, — ответила Брида.

Глаза Мага наполнились слезами. Бог явил справедливость.

Они вошли в круг, и Брида ритуально замкнула его. С незапамятных времен маги и колдуны используют это средство защиты от опасности.

— Ты великодушно показал мне свой мир. А чтобы ты знал, что я тоже принадлежу к этому миру, я сейчас совершу ритуальное действо.

Вскинув руки к луне, Брида воззвала к магическим силам природы. Она не раз видела, как делала это ее Наставница, когда они с нею бывали в лесу, но сейчас совершала действо сама и ни единой секунды не сомневалась, что не допустит ошибки. Силы природы говорили ей, что нет нужды чему-либо учиться — надо лишь вспомнить о многих временах, о многих жизнях, прожитых ведьмой. Она помолилась об изобильном урожае и о том, чтобы это поле вовек не утратило плодородия. Так в иные времена, соединяя познание почвы с преображением семени, стояла и молилась жрица, покуда ее мужчина обрабатывал землю.

Маг не вмешивался, покуда Брида совершала первые ритуальные действия. Он знал, что в определенный момент ему придется вмешаться, но не раньше, чем будет закреплено во времени, запечатлено в пространстве начатое ею. Его собственный Наставник, который сейчас блуждает в астрале, ожидая очередного перевоплощения, без сомнения, тоже присутствовал на этом пшеничном поле, как и совсем недавно — в баре, при последнем искушении Мага, и должен быть доволен своим учеником, вразумленным горьким опытом перенесенных страданий. Маг молча слушал заклинания, но вот Брида замолчала, сказав чуть растерянно:

— Не знаю, почему...

— Я продолжу, — сказал Маг.

Обратившись лицом на север, он воспроизвел пение птиц, ныне существующих лишь в легендах и мифах. Это было последнее, недостающее звено — Уикка была хорошей Наставницей и обучила Бриду всему, кроме этого.

Когда отзвучали песни священного пеликана и феникса, очерченное пространство заполнилось таинственным сиянием, которое ничего не освещало вокруг себя, но при этом не переставало быть светом. Маг взглянул и увидел Иную Часть себя в блеске ее вечной плоти: аура была беспримесно золотистой, и нити света исходили изо лба и из пупка. Он знал, что и ее глазам предстало то же самое, что и она видит над его левым плечом светящуюся точку, быть может, чуть зыблющуюся и расплывающуюся — виной тому было выпитое ими вино.

— Иная Часть меня, — тихо промолвила она, заметив ее.

— Я пройду с тобой по Традиции Луны, — сказал Маг.

И тотчас же пшеничное поле вокруг них превратилось в серую, словно припорошенную пеплом пустыню, посреди которой вознесся храм, и у его исполинских врат танцевали женщины, облаченные в белое. Брида, стоя рядом с Магом на вершине песчаной дюны, не знала, видят ли они их.

Брида хотела было спросить, что означает это видение, но голос изменил ей. Он прочел в ее глазах страх и повел обратно — в центр светового круга на пшеничном поле.

— Что это было? — наконец смогла выговорить она.

— Это мой подарок тебе. Один из двенадцати тайных храмов Традиции Луны. Я дарю его тебе в знак любви, в знак благодарности за то, что ты есть на свете, а я наконец дождался того, чего ждал так долго.

— Возьми меня с собой, — сказала она. — Научи меня ходить по своему миру.

И началось их путешествие по времени, пространству, Традициям. Брида видела цветущие луга, зверей, знакомых ей только по картинкам в книжках, таинственные замки, города, будто парящие в облаках света. Небо полыхало разноцветными огнями, а Маг изображал для нее на пшеничном поле священные символы Традиций. В какую-то минуту показалось, что они находятся то ли на Южном, то ли на Северном полюсе, потому что все вокруг было покрыто льдами, но потом Брида поняла, что это — другая планета, и обитатели ее были меньше ростом, и глаза их глядели иначе, и пальцы были длиннее, и работали они на каком-то огромном космическом корабле. Но всякий раз, как она пыталась что-то сказать или спросить, образы исчезали и картины тотчас сменялись другими. Женским своим чутьем Брида поняла, что Маг старается показать ей все, чему научился за долгие-долгие годы и что хранил под спудом все это время, лишь теперь получив возможность одарить ее всем этим. Но можно было бы и не стараться и предаться ей беззаветно и бесстрашно, потому что она была Иной его Частью. И могла путешествовать с ним по райским кущам, где обитали души праведные, а те, кто еще только искал благодати, появлялся лишь время от времени, чтобы приобщиться к надежде.

Она не смогла бы сказать, сколько времени прошло до того, как она с неким светящимся существом вернулась внутрь ею же очерченного круга. Ей приходилось любить, она знала, что это такое, но до сих пор любовь была неизменно сопряжена со страхом. И страх этот, сколь бы ничтожен он ни был, походил на полупрозрачное покрывало, позволяющее различить почти все, но приглушавшее цвета и краски. Но в этот миг, обретя Иную Часть себя, она поняла, что любовь неразрывно связана с цветами — и теперь ей казалось, что в небе, повиснув одна над другой, вспыхнули тысячи радуг.

«Сколько же я потеряла из-за того, что боялась потерь!» — думала она, глядя на них.

Она лежала, распростершись под этим светящимся существом — над левым плечом у него ярко горела точка, и блистающие нити исходили из его лба и пупка.

— Я хотела поговорить с тобой и не смогла, — сказала она.

— Потому что выпила лишнего, — ответил он.

А для Бриды все это — и бар, и вино — уже превратилось в отдаленное воспоминание, проникнутое смутным ощущением досады на то, что она чего-то не захотела принять.

— Спасибо за эти видения.

— Это были не видения: ты и в самом деле прониклась мудростью Земли и еще одной далекой планеты.

Бриде не хотелось говорить об этом. И лекции слушать — тоже. Хотелось лишь того, что уже было испытано.

— Я тоже свечусь?

— Да, так же, как я. Тот же цвет, тот же свет. Те же пучки энергии.

Цвет был теперь золотистым, а эти светящиеся нити, выходившие изо лба и из пупка, блистали яркой голубизной.

— У меня такое чувство, будто мы погибали, а теперь спасены.

— Я устал. Пора возвращаться. Я ведь тоже выпил немало.

Брида знала — где-то есть мир с баром, пшеничным полем, автобусной остановкой. Но возвращаться туда не хотела. Единственным ее желанием было остаться здесь навсегда. Она слышала голос, доносящийся будто из дальней дали: он произносил заклинания — и свет вокруг нее постепенно тускнел и гас, и вот исчез вовсе. В небе вновь зажглась огромная луна, осветила пшеничное поле. Они лежали обнявшись, нагие. И не чувствовали холода, не стыдились наготы.

*М*аг попросил, чтобы Брида завершила ритуал, раз уж начала его. Она произнесла слова, какие знала, и он помогал ей. Когда заклинания были сказаны, Маг разомкнул круг. Они оделись и сели на землю.

— Пойдем отсюда... — после некоторого молчания сказала она.

Маг встал, и следом поднялась она. Она не знала, что сказать — благодать оставила ее. И его тоже. Совсем недавно они высказали друг другу свою любовь, а теперь, как самые обычная парочка, прошедшая через этот опыт, не могли взглянуть друг другу в глаза.

Молчание нарушил Маг:

— Тебе надо вернуться в город. Я знаю, откуда вызвать такси.

А Брида не могла бы определить, обескуражили ее эти слова или принесли облегчение. Прежнее ликование сменилось дурнотой и головной болью. Нет, сегодня вечером от нее толку будет мало...

— Хорошо, — ответила она.

Снова сменив направление, они вернулись в городок. Маг из кабины уличного таксофона заказал такси. И, дожидаясь, когда придет машина, они присели на обочине.

— Хочу сказать тебе спасибо, — сказала она, а он не ответил.

— Не знаю, только ли для ведьм и колдуний день весеннего равноденствия — это праздник... Но для меня это будет важным событием.

— Праздник есть праздник.

— В таком случае мне хотелось бы пригласить тебя.

Маг сделал какой-то неопределенный жест, который можно было истолковать как просьбу сменить тему. Должно быть, он думал в эту минуту о том же, о чем думала она: как трудно, повстречав Иную Часть себя, расставаться с ней. Брида представила себе, как он в одиночестве побредет сейчас домой, спрашивая себя, когда же она вернется. А она вернется непременно, ибо так велит ее сердце. Но одиночество в лесу переносится труднее, чем в большом городе.

— Не знаю, появляется ли любовь внезапно, — продолжала она. — Но знаю, что открыта для нее. Готова к ней.

Подъехало такси. Брида еще раз взглянула на Мага и заметила, что он выглядит на много лет моложе.

— Я тоже готов к Любви, — только и сказал он.

$\mathcal{U}$ерез отмытые до полной прозрачности стекла просторной кухни били солнечные лучи.

— Как тебе спалось, доченька?

Мать поставила на стол чашку горячего шоколада, гренки и сыр и вернулась к плите, готовить яичницу с беконом.

— Хорошо. Готово мое платье? Оно будет мне нужно к послезавтрашнему празднеству.

Мать подала ей яичницу и сама присела к столу. Она знала и видела, что с ее дочерью творится что-то странное, но ничего не могла поделать. И сегодня хотела поговорить с ней, как никогда еще не говорила прежде, однако не решалась. Она боялась за дочь, которую звал к себе новый, неведомый мир, и та вступала в него одна.

— Так что с платьем, мама? — настойчиво спросила Брида. — Когда оно будет готово?

— К обеду успею, — отвечала мать.

И возможность сказать это делала ее счастливой: по крайней мере, хоть в чем-то мир оставался прежним, и матери продолжали по мере возможности помогать своим детям. Немного поколебавшись, она все же спросила:

— Как поживает Лоренс?

— Хорошо. Он зайдет за мной вечером.

Мать испытала облегчение, но одновременно и опечалилась: сердечные неурядицы ранят больно, и хорошо, что они пока не затронули ее дочь. А с другой стороны, только в этом она смогла бы помочь Бриде советом, участием, делом, ибо сколько бы ни прошло веков, любовь всегда останется прежней.

Они вышли прогуляться по улицам маленького городка, где прошло детство Бриды. Те же самые дома, и люди заняты теми же самыми делами. Брида повстречала нескольких былых одноклассниц, ныне работавших в единственном отделении банка или в магазине канцелярских принадлежностей. Все приветливо здоровались с ней: одни удивлялись тому, как она выросла, другие отмечали, как похорошела. В десять утра они выпили чаю в том самом ресторанчике, куда мать, пока не познакомилась со своим будущим мужем, приходила по субботам — приходила в надежде на нежданную встречу, на внезапную страсть, на чудо, способное одним махом покончить с однообразием дней, неотличимых один от другого.

Они разговаривали о том, что нового произошло в жизни каждого из горожан, и мать радовалась: приятно, что Бриду продолжает это интересовать.

— Сегодня мне понадобится платье, — сказала дочь.

Ее мучило какое-то беспокойство, но ведь не по этому же поводу — она знала, что мать ни за что не оставит ее просьбу без внимания, сделает все, что она захочет.

Мать наконец отважилась и задала вопрос, от века ненавистный детям, которые считают, что они люди независимые, свободные и способны справиться со своими проблемами сами.

— У тебя что-нибудь случилось, доченька?

— Тебе никогда не приходилось любить сразу двоих мужчин, мама? — В голосе Бриды слышался вызов, как если бы мир подстраивал ловушки ей одной.

Мать обмакнула в чай кусочек печенья, аккуратно положила в рот. Глаза ее блуждали, будто в поисках почти утраченного времени.

— Да. Приходилось.

Брида в удивлении уставилась на нее.

Мать улыбнулась и предложила еще прогуляться.

— Твой отец был моей первой и самой сильной любовью, — заговорила она, когда они вышли из ресторана. — Я была счастлива с ним. У меня было все, о чем я мечтала, когда была намного моложе, чем ты сейчас. В ту пору и я, и все мои подруги верили, что единственный смысл жизни — это любовь. Тот, кто не сумел встретить ее, не может считать, что сумел осуществить свои мечты...

— Ближе к делу, мама, — нетерпеливо перебила ее Брида.

— У меня тоже были мечты, причем разные. Мечтала, к примеру, о том, что удалось тебе — уехать в большой город, узнать мир, лежащий за пределами нашей деревни. А мои родители согласились бы отпустить меня, только если бы я доказала, что хочу учиться, поступить в университет. И я провела много бессонных ночей, обдумывая, как буду уговаривать их... Продумывала каждое слово, старалась угадать, что они ответят мне и чем я возражу на их доводы...

Брида никогда не слышала, чтобы мать говорила так. Она слушала ее, испытывая разом и нежность к ней, и досаду на себя. Ведь могли быть в их жизни и другие минуты, подобные этой, но и мать и дочь жили в разных мирах, исповедовали разные ценности.

— И за два дня до этого разговора с родителями я познакомилась с твоим отцом. Заглянула ему в глаза, блестевшие как-то по-особенному, — заглянула так, словно встретила самого желанного на свете человека.

— Да, мне знакомо это...

— И вот, едва увидев его, я поняла: мои поиски окончены. Мне больше не нужно было объяснять мир, я перестала чувствовать себя ущемленной оттого, что живу в глуши и захолустье, изо дня в день делаю одно и то же, вижу одних и тех же людей. Отныне дни мои были не похожи один на другой, потому что мы с твоим отцом безмерно любили друг друга. Мы обручились, потом обвенчались. Никогда я не говорила ему о том, как мечтала жить в большом городе, повидать мир, узнать других людей. Ибо весь мир внезапно вместился в нашу деревушку. Любовь объяснила мне мою жизнь.

— Ты упомянула другого, мама...

— Хочу тебе кое-что показать, — только и ответила та.

$\mathcal{M}$ать и дочь дошли до паперти, ее ступени вели к вратам единственной в городке католической церкви, которую в прежние времена, когда в крае бушевали религиозные войны, много раз сносили и восстанавливали. Каждое воскресенье Брида приходила сюда на мессу, и в детстве карабкаться по этим высоким и крутым ступеням было настоящим испытанием. На каждом ее марше была площадка, где стояли статуи святых: справа — апостол Павел, слева — апостол Петр, порядком уже пострадавшие и от времени, и от любопытства туристов. Паперть была усыпана палой листвой, словно вместо ожидаемой весны в городок вернулась осень.

Церковь находилась на вершине холма и была не видна с того места, где стояли мать и дочь, — деревья заслоняли. Мать присела на первую ступеньку и движением руки попросила Бриду сделать то же.

— Это случилось здесь, — сказала она. — Однажды, сейчас уж не вспомню почему, я решила пойти помолиться днем. Мне хотелось побыть одной, поразмышлять о своей жизни, и вот подумалось, что церковь будет наилучшим местом для этого.

И вот на том самом месте, где сейчас сидишь ты, я встретила человека. Он сидел, поставив рядом два чемодана, и с растерянным видом безуспешно пытался что-то отыскать в книге, которую держал в руках. Я подумала сначала, что он листает путеводитель, ища отель, подошла поближе и сама обратилась к нему. Поначалу он держался скованно и отчужденно, но потом мало-помалу разговорился.

Оказалось, что он не заблудился. Он был археологом, ехал на машине на север, где велись какие-то раскопки, но заглох мотор. К нему уже выехали механики, а он в ожидании решил пока осмотреть нашу церковь. И стал расспрашивать меня про наш городок, про деревни вокруг, про всякого рода исторические достопримечательности.

И внезапно я поняла, что все заботы и тревоги, не дававшие мне покоя весь день, улетучились как по волшебству. Я почувствовала себя нужной и принялась рассказывать ему все, что знала, поняв вдруг, что годы, прожитые здесь, обрели смысл. Передо мной находился человек, который изучал отдельных людей и целые народы и был способен сохранить для будущих поколений, сколько бы ни было их, все, что я услышала или сама открыла для себя в детстве. Он заставил меня осознать, как я важна для мира, для истории моей страны. Говорю же — я почувствовала, что стала нужна, а это — одно из самых отрадных чувств, дарованных человеку.

Когда я рассказала ему все, что знала об этой церкви, беседа перешла на другие темы. В ответ на мои слова, что я горжусь моим городком, он привел мне цитату из какого-то писателя — как звали его, не помню — о том, что «твоя деревня дает нам власть над всем миром».

— Это Лев Толстой, — сказала Брида.

Но мать не слышала ее, странствуя по времени, как бывало и с самой Бридой. Матери не нужны были парящие в воздухе храмы, подземные библиотеки, заполненные тысячами запыленных фолиантов, — достаточно было воспоминания об одном весеннем дне и о человеке с чемоданами, присевшем у подножия лестницы.

— Так мы разговаривали довольно долго. Я-то никуда не спешила и могла провести в беседе хоть целый день, однако вот-вот мог появиться механик. И потому я решила использовать каждую секунду. Стала расспрашивать о его занятиях, о раскопках, о том, что искать минувшее в настоящем — это своего рода вызов. Он же рассказывал мне о воинах, мудрецах и пиратах, некогда обитавших в наших краях.

Когда же я спохватилась, солнце было уже у самого горизонта, и никогда еще за всю мою жизнь время не пролетало так стремительно и незаметно.

И я поняла, что и он ощущает нечто подобное. Он буквально засыпал меня вопросами, поддерживая разговор и не давая мне сказать, что, мол, пора и надо уходить. Говорил без умолку, рассказывал все, чем жил до сегодняшнего дня, и того же требовал от меня. И по глазам я видела, что желанна ему, хоть мне в ту пору было почти вдвое больше, чем тебе сейчас.

Но стояла весна, воздух полнился ароматом новизны, и я вновь почувствовала себя молодой. Здесь, на окрестных лугах есть цветок, который расцветает только раз в год, осенью, ну так вот, я казалась себе таким цветком. Словно бы вдруг, осенью моих дней, когда я считала, что уже прожила все, что могла прожить, появился этот человек на ступенях для того лишь, чтобы показать мне: никакое чувство, включая любовь, не старится вместе с плотью. Чувства составляют часть неведомого мне мира, но я знаю точно, что в этом мире нет ни времени, ни пространства, ни границ.

Мать помолчала. Глаза ее по-прежнему были устремлены в ту даль, где осталась эта весна.

— Да, и так вот я сидела там и чувствовала себя в мои-то годы девочкой-подростком. И вновь была желанна. Ему так не хотелось, чтобы я уходила. Так не хотелось, что он вдруг замолчал, осекшись на полуслове. Заглянул мне в глаза, улыбнулся. Словно сердцем почуял, о чем я думаю, и хотел сказать мне: «Да-да, все так, вы не ошиблись, вы вправду необыкновенно важны для меня». И некоторое время мы молчали, а потом попрощались. А механик так и не появился.

Я много дней кряду думала — а был ли это реальный человек или, быть может, ангел, которого Господь послал преподать мне тайные уроки жизни. В конце концов пришла к выводу, что это все же был человек.

Человек, который любил меня — пусть всего лишь в течение нескольких часов, за которые он успел вручить мне все, что хранил на протяжении всей своей жизни: свою борьбу, свои взлеты и падения, свои трудности, свои мечты. И тот весенний день он подарил мне, ставшей его слушательницей, собеседницей, спутницей, женой, возлюбленной. За несколько часов я смогла пережить любовь всей своей жизни.

$\mathcal{M}$ать глядела на дочь.
Как бы ей хотелось, чтобы та все поняла в ее рассказе, думала она, сознавая в глубине души, что Брида живет в мире, где такого рода любви места уже нет.

— Я никогда не переставала любить твоего отца... Он всегда был рядом, он отдавал все лучшее, что у него было, и я хочу быть с ним до конца моих дней. Но сердце человеческое живет по своим таинственным законам, и я никогда не смогу понять, что же произошло тогда у подножия лестницы. Знаю лишь одно: та встреча заставила меня больше доверять себе самой, показала, что я еще могу любить и быть любимой, и научила такому, чего я не забуду никогда; я поняла, что когда в твоей жизни происходит что-то важное, это вовсе не значит, что надо отказаться, отречься от всего остального.

Иногда я все же вспоминаю этого археолога. Мне бы хотелось узнать, где он, нашел ли то, что искал в тот день, жив ли он или Господь давно уже призвал его к себе. Уверена, что он никогда не вернется — и лишь потому я могла любить его с такой силой и быть так уверена в этой любви. Потому что не смогла бы уже никогда потерять его — в тот день он принадлежал мне безраздельно.

Она поднялась:

— Пожалуй, нам пора домой, иначе не успеем дошить платье.

— Я посижу еще немножко, — отвечала Брида.

Мать подошла к ней и нежно поцеловала:

— Спасибо, что ты так терпелива слушала меня. Ты — первая, кому я рассказала эту историю. Боялась, что она так и умрет во мне, со мной и исчезнет с лица земли, когда меня не станет. Теперь хранить ее будешь ты.

$\mathcal{B}$рида поднялась по ступеням, остановилась у дверей церкви. Приземистый, округлых очертаний храм был местной достопримечательностью — это была одна из первых святынь христианства в крае, и поглядеть на нее сюда каждый год съезжались ученые и туристы. От первоначальной постройки V века уже ничего не уцелело, кроме нескольких участков пола; впрочем, после каждого разрушения что-нибудь да оставалось, так что посетители на примере одной церкви могли видеть, как менялись стили архитектуры.

Из церкви доносились звуки органа, и Брида заслушалась. В этом храме все было ясно и объяснимо, и Мироздание находилось именно там, где и должно было находиться, и человеку, переступавшему порог, уже ни о чем не надо было беспокоиться. Сюда не проникали таинственные силы, реявшие над головами людей, здесь не царила Ночная Тьма, требовавшая не постижения, но веры. Уже давно никто не толковал о кострах, и религии всего мира уживались, словно были союзниками, снова соединяя человека с Богом. И только родина Бриды была скорее исключением из правил: на севере страны из-за вопросов веры все еще лилась кровь. Впрочем, и это через несколько лет должно будет кончиться; Бог был почти полностью объяснен. Он — великодушный отец, взирающий на всех с одинаковой благосклонностью.

«Я — ведьма», — сказала себе Брида, борясь со все усиливающимся искушением зайти внутрь. Теперь она придерживается иной Традиции и, хоть Бог остался прежним, но если она переступит порог храма, то осквернит его. И сама будет осквернена им.

Стараясь больше не думать об этом, она закурила, взглянула на горизонт. Попыталась сосредоточиться на мыслях о матери. Ей хотелось сейчас же бегом броситься домой, припасть к ее плечу и рассказать, что через двое суток она пройдет обряд Великого Посвящения в ведьмы. Что уже странствовала во времени, что постигла силу секса, что с помощью одной лишь Традиции Луны способна узнать, что выставлено в витрине магазина. Она нуждалась в ласке и понимании, потому что и сама таила про себя истории, поведать которые нельзя никому.

Орган смолк, и вновь стали слышны городской шум, птичий щебет, посвист ветра, раскачивавшего ветви деревьев и возвещавшего скорое пришествие весны. За церковью открылась и закрылась дверь — кто-то вышел. На мгновение Брида перенеслась в прошлое и вновь почувствовала себя, как в одно из многих воскресений своего детства, когда томилась в церкви, потому что мессе, казалось, не будет конца, а ей так хотелось побегать по полям, сделать же это можно было только в воскресенье.

«Надо войти». Мать, наверно, поняла бы, какие чувства она испытывает, но матери нет рядом. Перед ней была пустая церковь. Она никогда не спрашивала Уикку, какую же роль играет христианство во всем, что происходит с ней. Ей казалось, что если переступит порог храма, то предаст своих сожженных на костре сестер.

«Да ведь и меня тоже сожгли на костре», — сказала она себе. И вспомнила молитву, которую читала Уикка в день, когда они поминали мученичество ведьм. В этой молитве она упоминала Христа и Деву Марию. Любовь была превыше всего, любовь не знала ненависти — а разве что недоразумения. Быть может, в какой-то миг люди решили стать представителями Бога — вот и совершили такое множество ошибок.

Но ведь Бог не имеет к этому никакого отношения.

Когда наконец она решилась войти, церковь была пуста. Горели свечи, указывая, что утром какой-то человек озаботился тем, чтобы упрочить свой союз с силой, существование которой мог лишь предчувствовать, — и таким образом перешел мост между видимым и незримым. Брида раскаивалась в том, о чем думала совсем недавно: быть может, и здесь совсем даже не все объяснено и растолковано, быть может, и здесь людям приходится погружаться в Ночную Тьму веры... Перед нею, раскинув руки по перекладине креста, был тот Бог, что казался ей слишком простым.

И помочь ей он не мог. Ни он и никто другой — она должна принять решение сама. И обязана рисковать — по крайней мере, учиться рисковать. У нее ведь нет тех дарований, что были у распятого — тот знал свое предназначение, потому что был сыном Бога. Он никогда не ошибался. Он не знал иной любви, кроме любви к своему Отцу. От него требовалось всего лишь показать свою мудрость и заново научить человечество тому, как идти по дороге, ведущей в небеса.

Всего лишь? Ей вспомнился урок катехизиса в воскресной школе, когда патер был как-то особенно красноречив. В тот день они разбирали тот фрагмент Священного Писания, где рассказывается, как Иисус в кровавом поту молит Бога, чтобы миновала его уготованная ему чаша.

«Но почему, если Иисус уже знал, что он — сын Бога, то все-таки просил Его об этом? — спрашивал патер. — Потому что он знал это только сердцем. Будь он непреложно убежден в этом, его предназначение лишилось бы смысла, ибо он в этом случае не превратился бы полностью в человека. Быть человеком — это значит терзаться сомнениями и, преодолевая их, все-таки следовать своим путем».

Брида снова взглянула на распятие и впервые в жизни почувствовала, что Иисус стал ближе ей: быть может, он тоже страдал от одиночества, боялся близкой и неизбежной смерти и молил отца: «Боже, Боже, зачем оставил ты меня?» И если он произносил такие слова, то, значит, не был до конца уверен в том, что делает. Он сделал ставку — погрузился в Ночную Тьму, в точности как все люди на свете, зная, что ответ получит лишь в самом конце своего странствия. Должно быть, и ему приходилось тосковать, принимая решение оставить отца и мать и маленький городок, где вырос, и уйти на поиски таинственного Закона.

И если он прошел через все это, значит, и ему случалось познать любовь, хотя Евангелия ни словом не упоминают об этом, ибо любовь человека к человеку понять несравненно труднее, нежели любовь к Высшему Существу. И Брида неожиданно вспомнила: после своего воскресения первым Иисус явился женщине, которая оставалась с ним до самого конца.

Безмолвный образ, казалось, соглашался с ней. Тот, кто был запечатлен здесь, при жизни пил вино и преломлял хлеб на праздничных трапезах, знавал людей и красоту мира. Невозможно поверить, что он не изведал женской любви — оттого и исходил он кровавым по́том в Масличной Роще, что ему было безмерно трудно оставить землю и предать себя безраздельно любви всего человечества после того, как был любим одним человеком.

Да, он попробовал все, что мог предложить ему мир, и все-таки продолжил свой путь, хоть и знал, что Ночная Тьма может завершиться крестом или костром.

— Все мы пребываем в этом мире для того, чтобы изведать опасности Ночной Тьмы, Господи. Я боюсь смерти, но не хочу терять жизнь. Я боюсь любви, ибо она затрагивает такое, что находится за пределами нашего понимания, и свет ее ослепительно ярок, но отбрасываемая тень страшит меня.

Брида вдруг поняла, что неосознанно начала молиться. И Бог смотрел на нее, казалось внемля ее словам и принимая их всерьез.

Какое-то время она ждала ответа, отклика, но не услышала ни звука, не уловила никакого знака. А ответ между тем был перед нею — в этом распятом на кресте человеке. Он исполнил сужденное ему — и тем показал миру: если каждый будет исполнять свое предназначение, никто никогда больше не будет страдать.

Потому что он уже принял страдания за всех, у кого хватило отваги бороться за свои мечты.

Брида поплакала немножко, даже не замечая, что плачет.

ебо, хмурившееся с утра, так и не прольется дождем. Лоренс давно жил в этом городе и знал, чего ждать от стоящих над ним туч. Он встал с кровати и пошел на кухню варить кофе.

Брида появилась на пороге прежде, чем закипела вода.

— Я вижу, ты вчера легла очень поздно, — сказал он. Она не ответила.

— Настал этот день, — продолжал он. — И я знаю, как он важен для тебя. И мне бы хотелось быть рядом.

— Это — праздник, — промолвила Брида.

— Что ты хочешь этим сказать?

— Праздник, — повторила она. — Со дня нашего знакомства мы вместе ходим на все праздники. Я тебя приглашаю.

$\mathcal{M}$аг пошел взглянуть, не погубил ли вчерашний дождь его бромелии. Но нет — они оказались в превосходном виде, и он посмеялся над собой: в конце концов, и силы природы способны понимать друг друга.

Он подумал, что Уикка не заметит светящиеся точки — их дано видеть только Иным Частям, которые обрели друг друга. А вот пучки энергии, циркулирующей между ним и ее ученицей, не укроются от внимания Наставницы. Ибо любая колдунья — это в первую очередь женщина.

Традиция Луны называет это явление «Видением Любви», и, хотя подобное может происходить между влюбленными и не иметь никакого отношения к Иной Части, Уикка придет в ярость. Женскую ярость, подобную той, которую испытала мачеха Белоснежки, уверенная, что не может быть на свете никого красивее, чем она.

Но Уикка — Наставница, а потому сразу же спохватится и поймет, сколь бессмысленно это ее чувство. Но к этому времени ее аура уже успеет изменить цвет.

И тогда он подойдет к ней, поцелует и скажет, что она ревнует. «Нет!» — ответит Уикка. А он спросит, почему же в таком случае она так злится.

А она ответит: «Я — женщина и чувства свои не анализирую». Тогда он еще раз поцелует ее, потому что Уикка изрекла сущую правду. И скажет, что очень скучал по ней все то время, что они были порознь, и восхищается ею больше, чем какой-либо другой женщиной в целом мире — за исключением Бриды, но ведь Брида — это Иная Часть его.

И Уикка будет счастлива. Потому что обладает мудростью.

«Старею, наверно. Воображаю черт знает что», — подумал он.

Впрочем, дело тут не в возрасте. Одержимые страстью всегда ведут себя так.

*У*икка обрадовалась тому, что дождь перестал и тучи исчезнут с небосвода еще до темноты. Природа должна быть в согласии с творениями рук человеческих.

Все было предусмотрено, все меры приняты. Каждый исполнял предписанную ему роль.

Подойдя к алтарю, она воззвала к своему Наставнику. Попросила его почтить своим незримым присутствием сегодняшнее действо: три новые чародейки пройдут обряд посвящения в Великие Тайны, и огромна будет ответственность, возложенная на ее плечи.

Потом она пошла на кухню сварить кофе. Выжала стакан апельсинового сока, съела несколько диетических галет. Она продолжала заботиться о своей внешности — потому что знала, как хороша. И совершенно ни к чему терять красоту для того лишь, чтобы доказать, что наделена еще и умом и дарованием.

Рассеянно размешивая сахар, она вдруг вспомнила, как вот в такой же день, только много лет назад, ее Наставник соединил ее судьбу с Великими Тайнами. Несколько мгновений она пыталась вспомнить, какой была тогда, о чем мечтала, чего желала получить от жизни.

— Старею, наверно. Копаюсь в прошлом, — сказала она вслух. Торопливо допила кофе и начала приготовления. Впереди было еще много дела.

Впрочем, она знала, что это не так и старость ей не грозит. В ее мире Времени не существует.

Брида удивилась, увидев, какое количество машин вытянулось вдоль обочины. Грузные темные тучи, заволакивавшие небо утром, рассеялись, и на ясном небе дрожали последние отблески заката. Было холодно, хотя по календарю сегодня был первый день весны.

Она испросила помощи и защиты у духов леса, а потом взглянула на Лоренса. Он повторил, чуть запинаясь, произнесенные ею слова. Чувствовалось, что он, хоть и сбит с толку, но рад, что находится здесь. Для того чтобы не ослабевала их связь, каждый должен был время от времени вторгаться в мир своего возлюбленного, вступать в пределы его реальности. Мост из видимого в незримое был перекинут и между ними тоже. Магия присутствовала в каждом их деянии.

...Скорым шагом пройдя по лесной тропинке, они оказались на поляне. Брида ожидала увидеть что-то подобное: мужчины и женщины всех возрастов и, вероятно, всех социальных групп стояли группами, разговаривая и пытаясь делать вид, что во всем происходящем нет решительно ничего особенного. Тем не менее все явно волновались так же сильно, как и Брида с Лоренсом.

— И все эти люди... — Лоренс не договорил.

Брида объяснила — нет, не все: кое-кто приглашен присутствовать, а не участвовать. Но кто именно, она не знает: все выяснится в свое время.

Они отыскали клочок свободного пространства, и Лоренс опустил наземь рюкзак, где лежали платье Бриды и три бутылки вина: Уикка посоветовала каждому, кто собирается быть на церемонии, прихватить с собой по бутылке. Выходя из дому, Лоренс спросил, кто будет третьим, и услышав ответ: «Маг, к которому я иногда прихожу в гости», не придал этим словам особенного значения.

— Нет, ты только представь... — сказал кто-то из женщин, стоявших неподалеку. — Только представь, что сказали бы мои подруги, узнав, что я была на самом настоящем шабаше.

Шабаш ведьм. Празднество, сумевшее пережить и жестокие преследования, и костры, и кровь, и Век Просвещения, и забвение. Лоренс старался как-то освоиться и уговаривал себя, что здесь, наверно, немало людей, находящихся в таком же положении. Но тут он заметил, что в центре поляны уже сложен хворост для костра, и по коже у него поползли мурашки.

Уикка, с кем-то оживленно беседовавшая, заметила Бриду и подошла поздороваться, спросить, все ли в порядке. Та поблагодарила, представила ей Лоренса и добавила:

— Я пригласила еще одного человека.

Уикка взглянула на нее с недоумением, но тотчас широко заулыбалась. Брида не сомневалась — ее наставница поняла, о ком идет речь.

— Очень хорошо, — сказала она. — Ведь это и твой праздник. Я давно не видела этого старого колдуна. Как знать, может быть, он научился за это время еще чему-нибудь...

Подошли еще люди. Брида не знала, кто из них гость, а кто участник предстоящего действа. И через полчаса, когда на поляне собралось около сотни людей, Уикка попросила тишины.

— Это церемония, — сказала она. — Но не простая, а праздничная. А праздник не может начаться, пока не наполнены бокалы.

Она откупорила вино, налила кому-то из стоявших рядом. Бутылки пошли по кругу, и уже очень скоро голоса зазвучали веселее и гораздо громче. Бриде не хотелось пить: в памяти были еще свежи воспоминания о том, как на пшеничном поле некто показывал ей тайные храмы Традиции Луны. И, помимо всего прочего, тот, кого она ждала, пока еще не появился.

Лоренс, однако, от бокала вина немного освоился, перестал смущаться и даже завел разговор с соседями.

— Это же праздник! — со смехом сказал он Бриде.

Ну да, он готовился увидеть нечто потустороннее, а попал на обыкновенную пирушку. И здесь было гораздо веселей, чем на факультетских вечеринках, которые он обязан был посещать.

Впрочем, вскоре он заметил стоявшего поодаль седобородого человека и узнал в нем одного из университетских профессоров. Он не знал, как себя вести, но профессор тоже узнал его и, приветливо кивнув, поднял стакан, как бы мысленно чокаясь с ним.

Лоренс с облегчением понял, что охота на ведьм, а равно и на сочувствующих им канула в прошлое.

— Очень похоже на пикник, — услышала Брида.

Да, сходство было и вселяло в нее сильную досаду. Она ожидала, что будет нечто совсем иное, ритуальное действо, вдохновлявшее некогда Гойю, Сен-Санса, Пикассо... В разочаровании она взяла стоявшую рядом бутылку и поднесла к губам.

Праздник. Пирушка, позволяющая перебросить мост из видимого в незримое. Бриде приятно было наблюдать за тем, как нечто сакральное происходит в такой более чем мирской и приземленной обстановке.

Быстро темнело. Люди пили беспрерывно. И за несколько минут до того, как тьма опустилась бы на всю поляну, двое-трое из присутствующих — просто и обыденно, безо всяких ритуалов — разожгли костер. В прошлом, наверно, тоже было так: костер, прежде чем стать важнейшим магическим элементом, был всего лишь источником света и тепла. И вокруг огня собирались женщины поговорить о своих мужьях, о чародействе и волшбе, о встречах с *инкубами* и *суккубами* — коварными и жестокими средневековыми демонами похоти и блуда. Да, в прошлом, наверно, это тоже происходило схожим образом — устраивался грандиозный и многолюдный праздник, радостная встреча с весной и надеждой. А в ту пору веселиться значило бросить вызов Закону, ибо никто не имел права ликовать и забавляться в мире, сотворенном исключительно для искушения слабодушных. Феодалы, затворившись за стенами своих угрюмых замков, смотрели, как весело пылают эти костры, и чувствовали себя обобранными, ибо их крестьяне пожелали познать счастье, а тот, кто познал счастье, уже не станет безропотно сносить уныние и печаль. И желание их быть счастливыми весь год напролет ставило под удар все тогдашнее мироустройство — и политическое, и религиозное.

$\mathcal{U}$еловека четыре или пять, уже охмелев, стали танцевать вокруг костра — подражали, надо полагать, ведьмовским пляскам на шабаше. Среди них Брида узнала Посвящаемую — они познакомились в тот день, когда Уикка поминала мученически погибших ведьм. Ее неприятно поразило такое поведение, ибо она была убеждена, что причастным к Традиции Луны следует помнить, что они находятся в святилище. Ей вспомнилась проведенная с Магом ночь и то, как выпитое затрудняло общение между ними во время астральной прогулки.

— Нет, мои подруги просто лопнут от зависти, — слышала она. — Нипочем не поверят, что я на самом деле была здесь...

Это было уже чересчур. Брида почувствовала, что ей необходимо где-нибудь в сторонке постараться осмыслить все происходящее и побороть сильнейшее искушение вернуться домой, бегом убежать отсюда, прежде чем она успеет разочароваться в том, что едва ли не целый год было для нее смыслом жизни. Она поискала глазами Уикку — та хохотала, стоя рядом с другими приглашенными. Людей вокруг костра прибывало с каждой минутой, одни хлопали в ладоши и распевали песни, другие отбивали такт ключами по пустым бутылкам.

— Сейчас вернусь, — сказала она Лоренсу.

А его уже обступили новые знакомые, увлеченно слушавшие его истории о звездах, насчитывающих миллионы лет, и о чудесах современной физики. Но при этих ее словах он мгновенно оборвал разговор:

— Хочешь, я пойду с тобой?

— Нет, мне лучше будет одной.

Она отошла от костра и двинулась в глубь леса. Голоса позади звучали все громче и веселей, и все это — хмельные, суетные разговоры, люди, играющие вокруг костра в шабаш, — стало мешаться у нее в голове. Она так долго ждала сегодняшней ночи, а все обернулось самой заурядной вечеринкой, какие устраивают обычно с благотворительными целями и где приглашенные ужинают, напиваются, рассказывают всякие житейские истории и забавные случаи, чтобы потом произнести речь о необходимости собрать средства для помощи индейцам в Южном полушарии или тюленям на Северном полюсе.

Брида шла по лесу, стараясь держать в поле зрения костер. Тропинка, поднимаясь, вилась вокруг большого валуна, и девушка видела теперь все происходящее сверху. Но сверху ли, снизу — зрелище было одинаково безрадостным: Уикка переходила от одних к другим, спрашивая, всё ли в порядке, люди плясали вокруг костра, несколько подогретых спиртным парочек уже начали целоваться. Лоренс что-то оживленно рассказывал, и можно было не сомневаться, что рассказы эти, вполне уместные за стойкой бара, совсем не годились для подобного празднества. Кто-то шагал напролом через кусты: то ли припозднившийся гость, а, может быть, человек просто гулял в лесу и, привлеченный шумом, спешил получить свою порцию веселья.

Что-то в нем показалось ей знакомым.

Это был Маг.

Брида опрометью бросилась вниз, ему наперерез, стремясь встретить его, прежде чем он выйдет на поляну. Он должен ей помочь, как помогал до этого уже не раз. Он должен растолковать ей смысл происходящего.

«*У*икка умеет устраивать шабаши», — думал между тем Маг, приближаясь к поляне. Он видел людей, ощущал их энергию, свободно циркулирующую в пространстве, озаренном светом костра. На этом этапе действа шабаш напоминал любое другое празднество, и делом устроителей было добиться того, чтобы все участники настроились на одну и ту же волну. На первом в своей жизни радении такого рода он был поражен и возмущен и, отозвав в сторонку своего Наставника, допытывался у него: что же это происходит?

«Тебе случалось бывать на вечеринках?» — спросил тот не без раздражения: Маг оторвал его от оживленной беседы.

Маг ответил утвердительно.

«Ну а когда можно считать, что праздник удался?»

«Когда все веселятся».

«Люди устраивали празднества еще в ту пору, когда жили в пещерах, — сказал Наставник. — Это первые совместные ритуалы, о которых имеются сведения, и благодаря Традиции Солнца они существуют и доныне. Хороший праздник очищает астрал всех участников, но дело это очень нелегкое: чтобы отравить общее веселье, достаточно всего нескольких человек. Эти люди мнят, что они значительнее остальных, им трудно доставить удовольствие, они не в силах причаститься к радости других и потому считают, что понапрасну теряют время. Но в конце концов их настигает таинственное воздаяние — с праздника они уходят, унося в себе личинки астрала, нечувствительно извлеченные из тех, кто сумел соединиться с другими. Вспомни, что первый кратчайший путь к Богу ведет через молитву. А второй, столь же прямой, — через радость».

Много лет минуло с того дня, когда состоялся этот разговор с Наставником. Магу пришлось принимать участие в бесчисленных шабашах, и он знал, что это — искусно организованное ритуальное празднество, на котором уровень коллективной энергии повышается ежесекундно.

Он поискал глазами Бриду. Он знал, что должен приобщиться к коллективной энергии, и был вполне расположен к этому, но все же отвык от такого многолюдства и потому сначала хотел немного освоиться. И девушка могла бы помочь ему в этом. Отыскав ее, он чувствовал бы себя вольготней и непринужденней.

Он был Магом. Он ведал свойства светящейся точки. Нужно было всего лишь изменить состояние духа — и в гуще всей этой толпы точка появилась бы непременно. Долгие годы он искал ее, и вот теперь его отделяло от нее всего лишь несколько десятков шагов.

И Маг сумел переменить состояние. И снова стал глядеть на празднество, но теперь уже — с совсем иной степенью постижения, и видел ауры самого разнообразного цвета, но, впрочем, все они приближались к тому, который должен был преобладать на сегодняшнем празднестве. «Уикка — поистине великая Наставница, — подумал он. — Как быстро она сумела все это проделать». Уже очень скоро все ауры — излучение энергии, окружающее физическое тело каждого человека, — настроятся на одну волну, обретут синтонность — и тогда можно будет начинать вторую часть шабаша.

Маг водил глазами слева направо и вот наконец обнаружил ее — светящуюся точку. Он решил сделать сюрприз и бесшумно подошел вплотную.

— Брида... — окликнул он.

Его Иная Часть обернулась.

— Брида пошла немного пройтись, скоро вернется, — услышал Маг вежливый ответ.

Мгновение, показавшееся ему нескончаемым, он глядел на стоявшего перед ним человека.

— А вы, должно быть, и есть тот самый Маг, о котором Брида мне столько рассказывала, — проговорил Лоренс. — Садитесь с нами. Она сейчас придет.

Но Брида уже была здесь и стояла перед ними, тяжело дыша и испуганно переводя глаза с одного на другого.

Маг почувствовал чей-то пристальный взгляд, направленный на него с другого конца поляны, через костер. Он знал, чей это взгляд, он знал, что этому взгляду не под силу различить светящуюся точку — это дано лишь Иным Частям, смотрящим друг на друга и друг друга узнающим. Но посылать такой взгляд мог только тот, кто наделен глубокими познаниями, кто в совершенстве постиг Традицию Луны и древние тайны человеческого сердца.

Маг оглянулся и встретился глазами с Уиккой, и та улыбнулась ему через костер — в какую-то долю секунды она поняла все.

А глаза Бриды тоже были неотрывно устремлены на Мага. И светились радостью. Он пришел!

— Хочу, чтобы ты познакомился с Лоренсом, — сказала она.

Праздник становился все веселей и оживленней, и больше ей не требовалось объяснений.

Маг между тем все еще пребывал в состоянии иной степени постижения. И благодаря ей различал, как аура Бриды стремительно меняет цвет, приближаясь к тому, который выбрала Уикка. Девушка развеселилась, ее очень обрадовал его приход, и теперь любое его неосторожное слово или действие могли бы омрачить ее Посвящение, назначенное на эту ночь. И он должен был во что бы то ни стало овладеть собой.

— Очень приятно, — сказал он Лоренсу. — Не хотите ли угостить меня вином?

Лоренс улыбнулся, протянул бутылку:

— Добро пожаловать к нам. Праздник удался на славу, вам понравится.

*У*икка отвела глаза и облегченно вздохнула — Брида ни о чем не догадалась. Она была прилежной ученицей — не хотелось бы отменять ее сегодняшнее Посвящение всего лишь из-за того, что она не смогла сделать наипростейший шаг: причаститься веселью других.

«А он позаботится о себе сам». У Мага за плечами — многие годы трудов и суровой дисциплины. Он сумеет укротить и обуздать свое чувство — по крайней мере, на тот срок, пока на его место не придет другое. Уикка почитала его за трудолюбие и упорство, граничащее с одержимостью, и немного побаивалась его огромной мощи.

...Она разговаривала с другими гостями, но все никак не могла оправиться от удивления, вызванного внезапно осенившей ее догадкой. Так вот почему он уделял этой девочке столько внимания, а ведь она, в сущности, была ничем не лучше и не хуже всех тех, кто в постижении Традиции Луны проходил через несколько перевоплощений.

Брида — его Иная Часть.

«Где же было мое пресловутое женское чутье?!» Уикка предусмотрела все, упустив самое очевидное. И теперь она утешала себя тем, что результат ее любопытства оказался все же плодотворен: сам Бог избрал этот путь, чтобы она могла снова встретиться со своей ученицей.

$\mathcal{M}$аг заметил в отдалении кого-то из своих знакомых и, извинившись, отошел от кучки людей, собравшихся вокруг Лоренса и Бриды. Она пребывала в полном восторге от того, что он — рядом, но все же не стала возражать и удерживать его. Шестым чувством она понимала — не надо, чтобы Маг и Лоренс слишком долго оставались рядом: они могли подружиться, а когда у двоих мужчин один и тот же предмет страсти, предпочтительней, чтобы они ненавидели друг друга, чем стали бы друзьями. Ибо в последнем случае существует большой риск потерять обоих.

Брида смотрела, как пляшут люди вокруг костра, и испытывала почти непреодолимое желание присоединиться к ним. Она пригласила Лоренса, и тот, немного поколебавшись, набрался храбрости. Люди кружились, хлопали в ладоши, пили вино, звенели ключами по порожним бутылкам, отбивая такт. Всякий раз, когда Брида в танце оказывалась рядом с Магом, тот улыбался ей и поднимал бокал на уровень глаз, показывая, что пьет за ее здоровье. А она не помнила, когда в последний раз веселилась так безудержно.

Уикка вошла в круг, отметив, что все присутствующие сбросили напряжение, радостны и довольны. Гости, прежде озабоченные мыслями о том, что про них подумают, оробевшие от того, что предстало их глазам, сейчас полностью, без остатка прониклись духом сегодняшнего вечера. Пришла весна, и надо было отпраздновать это событие, наполнив душу верой в то, что скоро будет тепло и солнечно, и постаравшись как можно скорее позабыть пепельно-серые дни, одинокие вечера, проведенные в четырех стенах.

Повинуясь прихотливому ритму, который теперь задавала сама Уикка, рукоплескания делались все громче, все отчетливей. Все взгляды были устремлены к костру. Никто больше не мерз — казалось, что наступило настоящее лето, и люди принялись стягивать с себя свитера.

— Давайте петь! — скомандовала Уикка.

И дважды повторила простенькую мелодию куплета, состоявшего всего из двух строчек. Вскоре ее подхватили все. Немногие знали, что это — мантра, где важен только сам звук произносимых слов, а не их значение. И этот звук возвещал слияние с Дарами, и те, кто обладал магическим зрением — у костра было несколько Наставников, — замечали, как переплетаются и соединяются светящиеся нити у поющих.

Лоренс устал танцевать и, прихватив свои бутылки, отправился на помощь к «музыкантам». Выходили из круга и другие: одни тоже выбились из сил, другие — по просьбе Уикки, чтобы усилить ритм. Никто, кроме Посвященных, не заметил, что празднество стало распространяться на сакральную территорию. И вот, по прошествии всего нескольких минут вокруг костра остались только женщины, приобщенные к Традиции Луны, и колдуньи, которым предстояло сегодня пройти Посвящение.

Даже ученики Уикки перестали танцевать, потому что для мужчин-посвящаемых существовал другой ритуал, проводимый в другой день и месяц. И в этот миг над костром кружилась в астрале только женская энергия, энергия превращения. Так повелось с незапамятных времен.

$Б$риде стало очень жарко. И не от вина — она выпила совсем мало. Должно быть, от пламени костра. Ей нестерпимо хотелось скинуть с себя одежду, но удерживал стыд — стыд, который терял всякий смысл по мере того, как она твердила этот простой напев, хлопала в ладоши, в танце проносясь вокруг костра. Теперь она не сводила с него глаз, и мир, казалось, значил для нее все меньше и меньше: это ощущение было очень похоже на то, какое испытала она, когда карты Таро впервые открыли ей свою сокровенную суть.

«Я вхожу в транс, — подумала она. — Ну и что? Какой веселый получается праздник!»

«Странная музыка», — говорил себе Лоренс, отбивая такт на большой бутыли. Его слух, натренированный на то, чтобы слышать собственное тело, подсказывал ему, что ритмичные хлопки ладоней и звук слов отдаются в самой середине груди, как бывало, когда на концерте классической музыки вступали большие барабаны. Любопытно и то, что ритм этот в точности совпадал с ударами сердца.

И чем стремительнее двигались руки Уикки, тем чаще начинало оно биться. И должно быть, так было со всеми.

«Усиливается приток крови к мозгу», — дал он этому научное объяснение. Впрочем, он ведь на шабаше ведьм и сейчас не время думать об этом; потом он обсудит такие странности с Бридой.

— Я пришел на праздник и хочу только веселиться! — вслух воскликнул он.

Рядом кто-то поддакнул, а руки Уикки ускорили ритм еще немного.

«Я свободна. Я горжусь своим телом, ибо оно есть проявление Бога в зримом мире». Жар костра стал нестерпим. Весь мир отплыл в какую-то дальнюю даль, и Брида не хотела больше беспокоиться о пустяках. Она — жива, кровь бурлит в ее жилах, она полностью предается своему поиску. Плясать вокруг костра для нее не ново, потому что эти ритмичные хлопки в ладоши, эта музыка пробудили в ней дремлющие воспоминания о временах, когда она была Наставницей Мудрости Времени. Она была не одна — этот праздник стал новой встречей, встречей с самой собой и с Традицией, пронесенной через множество иных жизней и воплощений. И Брида прониклась чувством глубокого самоуважения.

Она вновь воплотилась в прекрасную телесную оболочку, которая тысячи лет боролась за выживание во враждебном мире. Она плавала в морских пучинах, пресмыкалась по земле, ползала по деревьям, ходила на четвереньках, и вот теперь горделиво попирала землю двумя ногами. Это тело заслуживало уважения за то, что столько лет вело борьбу. Нет тел прекрасных и безобразных, потому что все они проделали один и тот же путь, и каждое — это лишь видимая часть обитающей в нем души.

Она гордилась своим телом.

И сорвала с себя блузку.

Она гордилась своим телом, и никто на свете не имел права упрекнуть ее в этом; будь она глубокой старухой, то все равно она по-прежнему гордилась бы своим телом, ибо это благодаря ему душа способна творить чудеса.

И другие женщины у костра последовали ее примеру, вместе с одеждой отбросив и стыдливость.

Брида расстегнула пряжку и осталась совершенно голой. В этот миг она получила такое ощущение свободы, какого в жизни еще не знавала. Она разделась, чтобы показать своей наготой, сколь свободна сейчас ее душа. И не имело значения, что вокруг стояли и смотрели на нее одетые люди — ей хотелось лишь, чтобы к ним через их плоть проникли те же ликующие чувства, что к ней — через ее. Она может танцевать свободно, ничто больше не сковывает ее движения. Каждый атом ее тела соприкасается с воздухом, и воздух этот щедро приносит из каких-то немыслимых далей тайны и овевает ее с головы до ног ароматами.

$\mathcal{M}$ужчины и те из приглашенных, кто отбивал такт на бутылках, заметили, что женщины у костра разделись. Они хлопали в ладоши, потом, взявшись за руки, стали петь — то нежно и тихо, то пронзительно, почти срываясь на крик. Никто не знал, кто задавал этот меняющийся ритм — бутылки ли, музыка или рукоплескания. Казалось, все сознают, что происходит, но если бы кто-нибудь, набравшись храбрости, решился вырваться из-под этого навязчивого ритма, у него ничего бы не получилось. И первейшей заботой Наставницы в этой части ритуала было сделать так, чтобы его участники не поняли, что впали в транс. Нужно было, чтобы им казалось, будто они полностью контролируют себя, хотя это было совсем не так. И Уикка не преступала тот единственный Закон, нарушение которого Традиция карала особенно сурово, и не воздействовала на волю другого человека.

Ибо все, кто был здесь, уже знали, что участвуют в шабаше ведьм, а для них жить — значит причащаться Вселенной.

Потом, много позже, когда эта ночь отойдет в область воспоминаний, никто из присутствующих не станет рассказывать, что видел. Нет, на этот счет не существовало никаких запретов, однако все, кто был там, ощущали присутствие некой силы — могущественной, необоримой, непреклонной, священной силы, бросить вызов которой не осмелился бы никто.

— Кружитесь! — приказала та, кто, единственная из всех, не сняла с себя длинное черное одеяние.

Все прочие были обнажены и танцевали, хлопали в ладоши, а теперь, повинуясь ее словам, стали кружиться на месте.

Кто-то положил рядом с Уиккой охапку платьев. Три из них были надеты в первый раз, притом что два были очень похожи фасоном и стилем. Это означало, что владелицы их наделены одинаковым Даром — ибо Дар воплощается в том, как человек представляет себе одежду.

Больше не надо было хлопать в ладоши— участники радения продолжали двигаться так, будто кто-то задавал ритм.

Уикка опустилась на колени, прижала большие пальцы обеих рук ко лбу и принялась вырабатывать Могущество.

Могущество Традиции Луны — Мудрость Времени — снизошло на нее. Возможность распоряжаться этим опаснейшим могуществом дана лишь тем, кто сумел сделаться Наставницей. Уикка, хоть и умела обуздывать его, все же сначала попросила защиты у своего Наставника.

В этом могуществе была заключена мудрость времени. Там обитала мудрая, всезнающая и властная Змея. Лишь Дева, держащая змею под пятой, могла бы совладать с ней. И потому Уикка воззвала к Пречистой Деве, прося, чтобы та простерла над ней свой покров и даровала чистоту души и твердость руки — лишь тогда сможет она распространить Могущество на стоящих перед нею женщин, не сломив и не обольстив ни одну из них.

Вскинув голову к небесам, твердым и звучным голосом она произнесла слова апостола Павла:

«Разве не знаете, что вы храм Божий и Дух Божий живет в вас?

Если кто разорит храм Божий, того покарает Бог: ибо храм Божий свят; а этот храм — вы.

Никто не обольщай самого себя. Если кто из вас думает быть мудрым в веке сем, тот будь безумным, чтобы быть мудрым.

Ибо мудрость мира сего есть безумие пред Богом, как написано: "уловляет мудрых в лукавстве их".

И еще: "Господь знает умствования мудрецов, что они суетны".

Итак никто не хвались человеками, ибо все ваше».

*У*икка несколько раз взмахнула руками, и, повинуясь ей, бутылки зазвенели реже, женщины закружились медленней, чем прежде. Уикка овладела Могуществом, и оркестр — от самой пронзительной трубы до самой нежной скрипки — должен был звучать слаженно. Для этого она и нуждалась в помощи Могущества, оставаясь при этом вне его власти.

Она захлопала в ладоши, издала подобающие случаю звуки. Люди медленно, постепенно останавливались. Ведьмы приблизились к ней, надели лежавшие у ее ног платья — лишь три оставались нагими. В этот миг истекли восемьдесят восемь минут, в продолжение которых непрестанно раздавался звук — и степень постижения изменилась у всех присутствующих, хотя никто из них, за исключением трех женщин, не утратил представление о том, где находится и что делает.

А эти трое пребывали в состоянии полного транса. Уикка вытянула перед собой руку, сжимавшую ритуальный кинжал, и направила на них всю сконцентрировавшуюся на радении энергию.

Не пройдет и нескольких секунд, как выявится и обнаружится Дар каждой из них. Так, придя сюда длинными и мучительно трудными тропами, они будут служить миру. А мир испытывал их и проверял всеми возможными способами, и три женщины оказались достойны того, что покорилось им. В повседневной жизни, в обыденности бытия они сохранят свои слабости, свои обиды, свойственное им добродушие и присущую им злость. И минуты упоения будут чередоваться у них с часами страдания, как и у всех живущих на этом свете, который еще не прошел все стадии трансформации. Но в должное время, в урочный час дано им будет постичь, что каждый человек несет внутри себя нечто несравненно более важное, нежели он сам — свой Дар. Ибо в руки каждому Бог вверяет Дар — орудие, с помощью которого являет свое присутствие в мире и помогает роду людскому. Бог избрал человека и назначил ему быть своей Рукой на земле.

Одни усваивают свой Дар через Традицию Солнца, другие — через Традицию Луны. Но все в конце концов приходят к постижению — и исчезает надобность искать его путем новых и новых перевоплощений.

Уикка стояла у огромного камня, воздвигнутого здесь кельтскими жрецами. И облаченные в черное колдуньи полукругом выстроились возле нее.

Она взглянула на тех трех, что оставались нагими. Глаза их блестели.

— Подойдите сюда.

Женщины приблизились, оказавшись в центре полукольца. Уикка велела, чтобы они простерлись на земле лицом вниз и крестом раскинули руки.

Маг смотрел, как Брида повинуется приказу. Он старался видеть только изменения ее ауры, однако был мужчиной и, как мужчина, не мог не замечать ее тела.

Он не хотел вспоминать. Не хотел думать, страдает он или нет. Он сознавал только одно — предназначение его Иной Части исполнено.

«Жаль, что я так мало был с нею». Но он не мог думать так. В каком-то отрезке Времени они обитали в одной телесной оболочке, претерпевали одни и те же муки, бывали счастливы от одного и того же. Они пребывали вместе в одном человеческом существе, которое, быть может, бродило по лесу, подобному этому, глядело в ночь, где на небе блистали такие же звезды. И Маг засмеялся над своим Наставником, который заставил его столько времени провести в лесу лишь для того, чтобы понять свою встречу с Иной Частью.

Да, такова она, Традиция Солнца, заставляющего каждого усваивать то, что нужно, а не только то, что хотелось бы. Сердце мужчины еще долго будет плакать — сердце Мага поет от радости и возносит благодарную хвалу лесу.

*У*икка, взглянув на трех женщин, простертых у ее ног, поблагодарила Бога за то, что смогла, переходя из одного воплощения в другое, продолжать все ту же работу, ибо Традиция Луны неисчерпаема. Эта лесная поляна в незапамятные времена была святилищем кельтов, от чьих ритуальных обрядов теперь уже почти ничего не осталось — вот разве что этот огромный валун, высящийся у нее за спиной. Исполинских размеров камень не под силу было взволочь сюда человеческими руками, однако Древние знали, как с помощью магии передвигать его с места на место. Они строили пирамиды, они наблюдали за ходом небесных светил из обсерваторий, они строили в горах Южной Америки города, и свершать все это помогала им сила, заключенная в Традиции Луны. Потом она перестала быть нужной людям и, чтобы не сделаться разрушительной, угасла во Времени. И все же Уикке из чистого любопытства хотелось бы знать, как они делали это.

Она приветствовала присутствовавших здесь кельтских духов. Это были наставники, завершившие цикл перевоплощений и ныне входившие в состав тайного правительства Земли — без них, без их мудрости и силы планета давно бы уж погрузилась во мрак безвластия. Кельтские наставники парили в воздухе над верхушками деревьев, окаймлявших поляну слева, и астральные тела их были окутаны белым сиянием. На протяжении столетий они появлялись здесь в ночи равноденствия, чтобы удостовериться, что Традиция сохраняется и поддерживается. «Да, — не без гордости сказала себе Уикка, — праздники равноденствия неукоснительно отмечаются и теперь, спустя столько лет после того, как из официальной мировой истории исчезло само понятие кельтской культуры. Ибо угасить Традицию Луны не под силу никому — это может сделать только Рука Бога».

Она внимательно наблюдала за жрецами. Что они думают о сегодняшних людях? Вспоминают ли со светлой грустью те времена, когда приходили в свое капище, когда связи с Богом были прямее и проще? «Едва ли», — думала Уикка, инстинкт же подтверждал ее сомнения. Божий сад разбит и высажен человеческими чувствами, а для этого необходимо, чтобы они жили долго, в разных эпохах, уживаясь с разными обычаями. Как и все остальное Мироздание, человек шел по пути эволюции и назавтра становился лучше, чем был вчера, даже если позабывал уроки, извлеченные накануне, даже если не всегда применял к делу то, что усваивал, даже если сетовал и роптал, твердя, что жизнь устроена несправедливо.

Ибо Царствие Небесное подобно семени, брошенному человеком в землю: сам он дремлет и пробуждается, не зная, как семя всходит и растет. И эти уроки были запечатлены в Душе Мира и облагодетельствовали все человечество. Важнее же всего прочего было то, что продолжали существовать люди, подобные тем, которые собрались здесь сегодня ночью, люди, не страшащиеся Ночной Тьмы Души, как сказал старый и мудрый Сан-Хуан де ла Крус. Каждый их шаг, каждое деяние, продиктованное верой, совершенствовало всю человеческую породу. Ибо покуда есть люди, знающие, что мудрость мира сего есть безумие пред Богом, мир будет следовать стезей света.

Уикка была горда своими учениками и ученицами, которые оказались способны пожертвовать уютом и покоем уже объясненного мира ради того, чтобы бросить вызов и открыть иной, новый мир.

Она вновь взглянула на трех обнаженных, распростертых на земле женщин с крестообразно раскинутыми руками и попыталась снова облечь их в цвета излучаемой ими ауры. Сейчас они странствовали по Времени и встречали множество Иных Частей себя. Отныне они будут погружаться в свое предназначение, которое ожидало их с того мига, как они появились на свет. Одной из этих женщин было, наверно, уже за шестьдесят; возраст тут не имел ни малейшего значения. Важно было лишь то, что они предстали перед своей судьбой, терпеливо поджидавшей их, и начиная с этой ночи будут использовать свой Дар во имя того, чтобы не завяли, не засохли самые главные растения в Божьем саду. У каждой из трех были свои причины прийти сюда: одну постигла несчастная любовь, другая устала от монотонной обыденности, третья искала Могущества. Они одолевали лень, и страх, и бесчисленные разочарования, неизбежные для всякого, кто следует стезей магии. Но дело в том, что в итоге они пришли именно туда, куда стремились, ибо Рука Бога неизменно направляет человека, который с верой в сердце идет его путем.

«Да, Традиция Луны с ее наставниками и обрядами завораживает. Но есть еще и другая Традиция», — думал тем временем Маг, не сводя глаз с Бриды и испытывая известную зависть к Уикке, которая довольно долго будет рядом с ней. Постичь эту Традицию труднее, именно потому что она проще, а простые вещи всегда представляются несуразно замысловатыми. Ее наставники пребывают в нашем мире и не всегда сознают все величие того, чему учат, ибо учат, повинуясь безотчетному побуждению, которое всегда представляется нелепым. Среди них есть плотники, поэты, математики, люди всех сословий и обычаев, живущие повсюду, в любом уголке планеты. Люди, в какое-то мгновение ощутившие острую потребность поговорить с кем-нибудь, изъяснить чувство, которое им самим не вполне понятно, но которое тем не менее невозможно держать под спудом. Благодаря им, через их посредство Традиция Солнца добивается того, чтобы мудрость ее не пропала даром. Это импульс Творения.

Куда бы ни ступила нога человека, там непременно обнаружится след Традиции Солнца. Это может быть изваяние, а может быть — стол, или несколько стихотворных строчек, передаваемых тем ли, иным ли народом из поколения в поколение. Люди, среди которых говорит Традиция Солнца, ничем не отличаются от всех остальных, пока в одно прекрасное утро — или вечер — они не заметят в привычном мире присутствие чего-то большего. И тогда, сами того не желая, они погружаются в пучину неведомого и по большей части отказываются возвращаться. Все живущие — по крайней мере, хоть раз в каждом перевоплощении — проникают в тайну Мироздания.

Да, сами того не желая, они погружаются в Ночную Тьму. Жаль, что они почти всегда не верят самим себе и отказываются возвращаться. И Святое Сердце, питающее весь мир своей любовью, умиротворяющее его, вверяющееся ему безраздельно, оказывается вновь окружено колючими шипами.

Уикка была благодарна судьбе за то, что сделалась Наставницей Традиции Луны. Кто бы ни приходил к ней, хотел учиться и понимать — тогда как Традиция Солнца заставляла большую часть людей уклоняться от уроков, которые преподавала им жизнь.

«Теперь это уже не имеет значения», — подумала она. Потому что вновь возвращается времена чудотворства, и никто не сможет оставаться непричастным к тем переменам, которые отныне и впредь будет испытывать наш мир. Не пройдет и нескольких лет, и Традиция Солнца явит свою силу в полной мере, во всем блеске. Все, кто не следует своей стезей, испытают жестокое недовольство собой и вынуждены будут делать выбор.

А выбор таков: либо бытие, окруженное частоколом разочарований и боли, либо понимание того, что все родились для счастья. И когда выбор будет сделан, изменения станут невозможны и пути к переменам отрезаны. И начнется великая и священная война, *джихад*.

*Б*езупречно точным движением руки, сжимавшей кинжал, Уикка очертила в воздухе круг. А внутри изобразила звезду о пяти лучах, которую маги именуют Пентаграммой и считают символом тех элементов, что действуют в человеке. Через нее распростертые на земле женщины должны будут войти сейчас в контакт с миром света.

— Закройте глаза, — приказала она.

Три женщины повиновались.

Уикка сделала несколько пассов над головой каждой.

— Теперь пусть откроются глаза ваших душ.

*Б*рида открыла. Вокруг простиралась пустыня. Место казалось ей знакомым.

И она вспомнила, что уже бывала здесь раньше. С Магом.

Она поискала его глазами, однако найти не смогла. Но страха не испытала — ей по-прежнему было счастливо и спокойно. Она знала, кто она, помнила город, где жила, и то, что на каком-то отрезке времени неподалеку от этого города было устроено празднество. Но все это не имело ни малейшего значения, ибо все помыслы ее занимал прекрасный пейзаж — пески, высившиеся в отдалении горы, и огромный камень, стоявший прямо перед ней.

— Добро пожаловать, — услышала она чей-то голос.

Рядом стоял человек, одетый так, как принято было во времена ее дедушек и бабушек.

— Я — наставник Уикки. Когда ты станешь Наставницей, твои ученицы повстречают Уикку здесь. И так будет продолжаться вечно — до тех пор, пока Душа Мира не сумеет выразить себя.

— А я нахожусь на ведьмовском радении, — отвечала Брида. — На шабаше.

Наставник засмеялся:

— Ты находишься на своем Пути. Стоишь перед ним. Немногим хватило бы на это отваги. Люди обычно предпочитают идти не своим путем. У каждого есть Дар, но не все хотят замечать его. А ты не только заметила, но и приняла. И твоя встреча с Даром — это встреча с Миром.

— А зачем мне это?

— Чтобы возделывать сад Бога.

— У меня впереди — целая жизнь, — сказала Брида. — Я хочу прожить ее так, как все проживают. Хочу иметь право ошибаться. Хочу иногда вести себя эгоистично. Словом, хочу иметь слабости, понимаешь?

Наставник улыбнулся. В правой руке его откуда-то появился синий плащ.

— Нет иного способа приблизиться к людям, как стать одним из них.

А пейзаж вокруг уже успел измениться. Пустыня исчезла, а Брида оказалась в чем-то текучем, где рядом с нею плавали непонятные предметы.

— Вот так и возникла жизнь, — сказал Маг. — По ошибке. Клетки воспроизводили себя совершенно одинаковыми на протяжении тысячелетий, и вот одна из них ошиблась. И по этой причине в нескончаемом повторении стало возможно что-то изменить.

Брида ошеломленно смотрела на море вокруг себя и не понимала, как ей удается дышать под водой. Она слышала только голос Наставника, она смогла вспомнить только, что уже было в ее жизни подобное путешествие, начавшееся на пшеничном поле.

— Этот мир привела в движение ошибка, — сказал Наставник. — Никогда не бойся ошибиться.

— Но Адама и Еву изгнали из рая...

— Когда-нибудь они туда вернутся. Вернутся, познав чудо небес и миров. Бог знал, что делает, когда привлекал их внимание к древу добра и зла. Если бы Он не хотел, чтобы они отведали его плодов, то ничего бы им не сказал.

— Так зачем же все-таки Он сказал?

— Чтобы привести Мироздание в движение.

И снова изменилось все кругом, и снова Брида очутилась в пустыне, перед огромным камнем. Занимался рассвет, и на горизонте пробивалось розоватое сияние. Наставник приблизился к ней, окутал плащом:

— Посвящаю тебя. Твой Дар — орудие Бога. Постарайся стать хорошим орудием.

$\mathcal{U}$икка обеими руками приподняла подол самой юной из трех женщин. Это была символическая дань кельтским жрецам, чьи астральные тела парили над верхушками деревьев. Потом повернулась к девушке:

— Встань.

Брида поднялась. Отблески пламени пробегали по ее обнаженному телу. Когда-то другое тело было пожрано этими же языками огня. Но это время миновало.

— Подними руки.

Брида повиновалась. Уикка одела ее.

— Я была совсем голая, — сказала она Магу, когда он оправлял на ней складки синего плаща. — Но не стыдилась своей наготы.

— Если бы люди не постыдились своей наготы, Бог никогда не узнал бы, что Адам и Ева отведали запретный плод с древа познания добра и зла.

Маг смотрел, как рождается на горизонте солнце. Вид у него был рассеянный, но так лишь казалось. Брида знала это.

— Никогда ничего не стыдись, — продолжал он. — Приемли все, что предлагает тебе жизнь, постарайся испить из всех чаш, что стоят перед тобой. Надо отведать каждого вина, но одно лишь пригубить, а другим — упиться допьяна.

— Как мне различить, какое пить, каким гнушаться?

— По вкусу. Лишь тот познает хорошее вино, кто попробовал скверного.

Уикка повернула Бриду, поставила перед костром и перешла к следующей из тех, кто ждал Посвящения. Огонь проникал в энергию ее Дара, чтобы полнее проявиться в ней. Брида в это мгновение смотрит, наверно, как восходит солнце. Солнце, которое отныне будет освещать остаток ее дней.

— Теперь тебе надо уйти отсюда, — сказал Наставник, когда солнце поднялось из-за горизонта.

— Я больше не боюсь своего Дара, — ответила Брида. — Теперь я знаю, куда идти. Знаю, что должна сделать. Знаю, что кто-нибудь поможет мне. Я уже была здесь когда-то. Там танцевали люди, там высился тайный храм Традиции Луны.

Наставник ответил не сразу. Он обернулся к ней, сделал знак правой рукой и лишь потом сказал:

— Ты — допущена. Да будет твой путь мирным во дни мира. И бранным — во дни войны. Да не спутаешь ты одно с другим никогда.

Силуэт его стал таять в воздухе, а следом исчезли пустыня с валуном посередине. Осталось только солнце, но и оно постепенно начало сливаться с небом. А то вскоре померкло и потемнело, и тогда солнце сделалось похоже на разгоревшийся в поднебесье костер.

Она возвращалась. И вспоминала все, что было — прихлопы, танец, транс. Вспомнила, как сбросила с себя одежду на виду у всех, и задним числом вдруг смутилась. Но вспомнила и свою встречу с Наставником. Постаралась побороть стыд, страх, томление — они станут теперь ее всегдашними спутниками, так что придется привыкать.

Когда по приказу Уикки три Посвященные стали в центре полукруга, образованного женщинами, те взялись за руки и сомкнули кольцо.

И затянули странные песнопения, которым никто не осмеливался вторить: губы их были сжаты, отчего льющиеся звуки порождали небывалые колебания, забирая все выше и выше, становясь все более пронзительными и подобными крику обезумевшей птицы. В будущем и Брида научится издавать такие звуки.

Научится еще очень многому, пока не сделается Наставницей. И тогда сама будет посвящать других в Традицию Луны.

Но все это придет в свой срок, в должное время. А время — все, сколько ни есть его в мире — теперь, когда она снова встретилась со своей судьбой, когда получила того, кто поможет ей, принадлежало ей. Она распоряжалась Вечностью.

Она заметила, что все вокруг окутаны неким свечением, причем у каждого был свой цвет, и немного растерялась. Хорошо бы, чтобы мир стал прежним.

Колдуньи замолчали, оборвав напев.

— Посвящение Луны совершено, — объявила Уикка. — Отныне мир для вас станет нивой, и вам заботиться о том, чтобы урожай был богатым.

— У меня какое-то странное, непривычное ощущение, — сказала одна из Посвященных. — Все как будто немного не в фокусе...

— Это потому, что вы обрели способность различать энергетическое поле вокруг каждого человека — его ауру, как мы ее называем. Это ваш первый шаг по пути Великих Тайн. Ощущение скоро пройдет, а потом я научу вас, как обретать эту способность по своему желанию.

Резко взмахнув рукой, она метнула в центр круга кинжал с такой силой, что, глубоко вонзившись в землю, он еще долго подрагивал.

— Церемония окончена.

*Б*рида подошла к Лоренсу. Глаза его блестели, и она знала — это от гордости и от любви. Они с ним могли бы расти вместе, вместе созидать новую жизнь, открывать всю лежащую перед ними Вселенную, ожидать людей, у которых найдется хоть немного отваги.

Но был еще один человек. Разговаривая с Наставником, Брида уже сделала свой выбор. Ибо этот человек знал бы, как в трудные минуты взять ее за руку и во всеоружии давнего опыта и новой любви провести через Ночную Тьму Веры. Она научилась бы любить его, и ее любовь была бы столь же велика, сколь и нынешнее уважение к нему. Они проходили одну и ту же дорогу познания, и это благодаря ему оказалась Брида здесь. И с ним когда-нибудь она постигла бы наконец премудрость Традиции Солнца.

Теперь она знала, что стала ведьмой. В течение многих веков она изучала искусство чародейства и вот теперь возвращалась на свое место. И с сегодняшнего вечера ничего важнее мудрости нет в ее жизни и не будет.

— Мы можем идти, — сказала она Лоренсу, приблизившись.

Он с восхищением разглядывал стоявшую перед ним женщину в черном одеянии, а меж тем Брида знала, что Маг видит ее в синем плаще.

Она протянула Лоренсу рюкзак, где лежала ее одежда.

— Иди и постарайся остановить попутную машину. Мне еще надо кое с кем поговорить.

Лоренс принял из ее рук рюкзак. Но сделал лишь несколько шагов по направлению к пересекавшей лес тропинке. Радение завершилось, и теперь они вновь оказались в прежнем мире, населенном людьми с их любовью, ревностью и жаждой завоеваний.

Вернулся и прежний страх. Слишком уж хороша и ни на кого не похожа была его избранница.

— Не знаю, есть ли Бог, — произнес он, обращаясь словно бы к деревьям вокруг. — И не могу сейчас об этом думать, потому что тоже столкнулся с непостижимым.

Он сам чувствовал, что говорит как-то иначе, с какой-то никогда прежде не свойственной ему уверенностью. И в этот миг ему казалось, что деревья внимают ему.

«Быть может, люди здесь не понимают меня, быть может, они пренебрегают моими усилиями, но я знаю — отваги у меня не меньше, чем у них у всех. Ибо я ищу Бога, не веруя в него. Но если он существует, это Бог Храбрецов».

Он поднял глаза к небу, все еще задернутому пеленой низких туч. Бог — это Бог Храбрецов. И он сумеет постичь его, ибо храбрецы — это те, кто принимает решения со страхом в душе. Кого на каждом шагу избранного ими пути одолевают демоны. Кто мучительно раздумывает над всем, что делает, спрашивая себя, верно ли поступает.

Но тем не менее они действуют. Действуют, потому что тоже верят в чудеса, как верят в них ведьмы, плясавшие сегодняшней ночью вокруг костра.

Быть может, Бог хочет вернуться к нему — вернуться через эту женщину, которая уходит сейчас к другому. Если она уйдет навсегда, навсегда уйдет и Бог. Лоренс сознавал, что сейчас ему предоставлен шанс, ибо, как он помнил, погрузиться в Бога лучше всего через любовь. И этот шанс вернуть ее он терять не хотел.

Он глубоко вздохнул, ощутив студеный чистый лесной воздух, и дал самому себе священную клятву.

Бог — это Бог Храбрецов.

Брида шла туда, где был Маг. И неподалеку от костра они встретились. Говорить было трудно.

Все же первой молчание нарушила она.

— У нас с тобой — один путь.

Он кивнул в знак согласия.

— Так давай пройдем его вместе.

— Но ты же не любишь меня, — произнес Маг.

— Люблю. Я просто еще не знаю этой любви, но люблю. Ты — Иная Часть меня.

Но взгляд Мага блуждал где-то в неведомой дали. Он знал Традицию Любви и помнил, что один из самых главных уроков, даваемых ею, — Любовь. Это — единственный мост из видимого в незримое. Это — единственный язык, на который можно перевести уроки, которые Мироздание ежедневно дает роду человеческому.

— Я не уйду, — сказала она. — Останусь с тобой.

— Тебя ждет твой возлюбленный, — отвечал Маг. — Я благословляю вашу любовь.

Брида глядела на него непонимающе.

— Никто не может присвоить себе восход солнца вроде того, что мы с тобой видели тогда, — продолжал он. — Никто не может завладеть вечером, когда капли дождя стучат в оконное стекло, или тем умиротворением, которое распространяет вокруг себя спящее в колыбели дитя, или тем волшебным мгновением, когда волны разбиваются о скалы. Никто не может владеть всем тем прекрасным, что есть на Земле, — можно лишь познавать его и любить. В такие моменты Бог показывается людям.

Не нам принадлежит солнце, вечер, волны и даже Божий лик, потому что мы не можем обладать и самими собой.

Маг протянул к Бриде руку с зажатым в пальцах цветком.

— Когда мы познакомились — а мне кажется, я знал тебя всегда, потому что не помню, каким был мир до твоего появления, — я показал тебе Ночную Тьму. И хотел посмотреть, сможешь ли ты шагнуть за собственные пределы. Я уже знал тогда, что стою перед Иной Частью себя самого, и эта Иная Часть научит меня всему, что мне нужно знать, ибо для этого Бог когда-то и разделил мужчину и женщину.

Брида прикоснулась к цветку — первому, который увидела за много месяцев. Весна пришла.

— Люди дарят друг другу цветы, потому что в них заключен истинный смысл любви. Тот, кто попытается завладеть цветком, увидит вскоре, как он завянет и потеряет свою красоту. А тот, кто всего лишь любуется им на лугу, получит его навсегда. Ибо он сочетается с вечером, с закатом, с запахом влажной земли, с облаками, плывущими на горизонте.

Брида смотрела на цветок. Маг взял его у нее из рук и вернул лесу.

Глаза ее наполнились слезами. Она гордилась своей Иной Частью.

— Этому научил меня лес. Тому, что ты никогда не станешь моей, и именно поэтому я обрету тебя навсегда. Ты подавала мне надежду во дни моего одиночества, томила тоской в минуты сомнений, окрыляла уверенностью в мгновения веры. И, предчувствуя, что когда-нибудь встречу свою Иную Часть, я посвятил себя изучению Традиции Солнца. И только благодаря тому, что я не сомневался в твоем существовании, продолжал существовать и я.

Брида уже не могла сдержать слез.

— И когда ты пришла, я понял все это. Ты пришла вызволить меня из неволи, которую я сотворил для себя сам, пришла, чтобы сказать, что я свободен и могу вернуться в мир и ко всему, что есть в нем. Я понял все, что мне надлежало знать, и люблю тебя больше всех женщин, каких мне доводилось знать, больше той, из-за которой я сбился с пути и, сам того не желая, оказался в лесу. Я всегда буду помнить, что любовь — это прежде всего свобода. Вот урок, который я усвоил на много лет позже, чем следовало. Из-за этого я сам себя отправил в изгнание. Теперь ты меня освобождаешь.

Потрескивая, догорал костер, и кое-кто из приглашенных, появившихся позже остальных, начал прощаться. Но Брида ничего этого не замечала, пока кто-то издали не окликнул ее по имени.

— Он смотрит на тебя, девочка, — сказал Маг, припомнив фразу из какого-то старого фильма. Ему было весело — перевернута еще одна и очень важная страница Традиции Солнца. И еще он ощущал присутствие своего Наставника: тот тоже выбрал сегодняшнюю ночь для нового Посвящения. — Всю свою жизнь я буду помнить тебя, а ты — меня. Точно так же, как до могилы останутся с нами наступающий вечер, капли дождя на оконных стеклах и все то, что принадлежит нам навечно потому, что мы не можем владеть этим.

— Брида! — снова позвал издали Лоренс.

— Ступай с миром, — сказал Маг. — Вытри слезы. Или скажи, что это — от дыма костра.

Не забывай меня.

Он знал, что этого мог бы и не говорить. Но зачем-то все же сказал.

*У*икка заметила, что трое гостей позабыли на поляне пустые бутыли из-под вина. Надо будет позвонить им и сказать, чтобы забрали.

— Скоро костер прогорит и погаснет, — сказала она.

Маг продолжал стоять молча, неотрывно глядя на слабеющее пламя.

— Я не жалею, что когда-то давным-давно влюбилась в тебя, — продолжала Уикка.

— И я тоже, — откликнулся он.

Ей до смерти хотелось поговорить с ним о девочке, но она не решалась. Глаза человека, стоявшего рядом, светились мудростью, внушали почтение.

— Как жаль, что не я — Иная Часть тебя, — продолжала Уикка. — Мы были бы замечательной парой.

Однако Маг уже не слышал ее. Необозримый мир простирался перед ним, и предстояло еще очень много дела. Надо помочь людям разбить и возделать Божий сад, надо научить их учить самих себя. Он встретит других женщин, будет любить их и проживет это свое перевоплощение насыщенно и полно. Сегодня ночью завершился некий этап его бытия, и впереди лежит новая Ночная Тьма. Но теперь существование его будет веселей, радостней и ближе ко всему, о чем он мечтал. Он мог судить об этом по цветам, по лесам, по тому, что когда-нибудь, ведомые рукой Бога, придут девушки, сами не знающие, что они пришли и остались по предначертанию судьбы. Ему поведали об этом Традиция Луны, Традиция Солнца.

Когда ты чего-нибудь желаешь, вся Вселенная словно помогает тебе достичь твоей мечты. Сантьяго, герой романа, — один из тех редких характеров, которые позволяют нам поверить в то, что жизнь — это увлекательное приключение.

«Когда я писал «Алхимика», я пытался понять смысл жизни. Вместо того чтобы писать философский трактат, я решился вступить в диалог с ребенком, что живет в моей душе.

К своему удивлению, я обнаружил, что такой ребенок живет в душе каждого из миллионов людей во всем мире. Этой книгой я хотел поделиться с читателями вопросами, которые не имеют ответов и которые превращают жизнь в бесконечное приключение».

асꙶ Издательская группа АСТ

Литературно-художественное издание

Пауло Коэльо

БРИДА

Ответственный редактор *Е.Ю. Леонова*
Технический редактор *М.Ю. Байкова*
Корректор *М.Ю. Сиротникова*
Компьютерная верстка *Е.М. Илюшиной*

ООО «Издательство Астрель»
129085, г. Москва, проезд Ольминского, 3а

ООО «Издательство АСТ»
141100, РФ, Московская обл., г. Щелково, ул. Заречная, д. 96

Наши электронные адреса: www.ast.ru
E-mail: astpub@aha.ru

Подписано в печать с готовых диапозитивов заказчика 28.02.08.
Формат 84×108¹/₃₂. Бумага офсетная. Печать высокая с ФПФ.
Усл. печ. л. 34. Тираж 250 000 экз. (1-й завод 1—100 000 экз.).
Заказ 773.

Общероссийский классификатор продукции ОК-005-93,
том 2; 953000 — книги, брошюры

Санитарно-эпидемиологическое заключение
№ 77.99.60.953.Д.007027.06.07 от 20.06.2007 г.

Издано при участии ООО «Харвест».
ЛИ № 02330/0056935 от 30.04.2004.
Республика Беларусь, 220013, Минск, ул. Кульман.
д. 1, корп. 3, эт. 4, к. 42.
E-mail редакции: harvest@anitex.by

Открытое акционерное общество
«Полиграфкомбинат им. Я. Коласа».
Республика Беларусь, 220600, Минск, ул. Красная, 23.

Все книги Пауло Коэльо